KB083187

지
평
선

김시종 시집 **지평선**

초판 1쇄발행 2018년 6월 12일
초판 2쇄발행 2019년 1월 10일
지은이 김시종 옮긴이 곽형덕 펴낸이 박성모 펴낸곳 소명출판 출판등록 제13-522호
주소 서울시 서초구 서초중앙로6길 15, 1층
전화 02-585-7840 팩스 02-585-7848
전자우편 somyungbooks@daum.net 홈페이지 www.somyong.co.kr

값 12,000원 ⓒ 김시종, 2018
ISBN 979-11-5905-277-4 03810

김시종 시집 지평선

소명출판

이 시집은 『詩集 地平線』(大阪朝鮮詩人集団刊, ヂンダレ発行所, 1955.12.10) 전문을 번역한 것이다.

시인의 말_『지평선』한국어판 간행에 부치는 글

    까다로운 내 일본어 장편시집 『니이가타』(1970)를 한국어판으로 오롯이 옮겨준 일본어문학 연구자인 지우知友, 곽형덕 군이 이번에 다시 60여 년 전에 나온 첫 시집 『지평선』을 번역했다. 내 일본어가 얼마나 다루기 힘든 언어인지를 『장편시집 니이가타』 한국어판을 낼 때 충분히 맛보았을 곽형덕 군의 작업인 만큼, 미안하기도 하지만 기쁨도 더하다. 앞으로도 서로 부탁을 할 수 있을 것 같은 신뢰가 마음 깊은 곳에서 솟아난다.

    『지평선』(1955.12)이 그늘에서 나오듯 사회의 한 모퉁이에 출현한 것은 조선전쟁(6·25사변)의 잔영이 여전히 남아 있던 시기였다. 한국에서는 반공 정책이 한층 강화돼, 극우 민족주의자인 이승만 대통령이 '북진통일'을 강력히 주장하며 자기 존재를 강조하고 있던 무렵이기도 했다. 일본에서 전개된 재일조선인 운동 또한 조선전쟁의 추이라는 시대적 상황에 호응해 전환돼 갈 수밖에 없었다. 그전까지의 재일본조선통일민주전선在日本朝鮮統一民主戰線(이하 민전)에 의한 재일조선인 운동으로부터 조선민주주의인민공화국 (이하, 공화국으로 약칭한다)의 직접적인 지도를 앙망하는 재일본조선인총련합회在日本朝鮮人總聯合會(1955년 5월 결성, 이하 조선총련)로 조직이 교체되고 얼마 지나지 않아서의 일이다.

나는 첫 시집인『지평선』원고를 병원 침상에서 정리했다. 당시 나는 3년에 걸쳐 장기 요양 중이었는데, 조직의 요망에 호응해 1953년 2월에 내기 시작했던 시 잡지『진달래』도 반쯤 동인지로 변해 있었다. 그래서 조직운동에 종속돼 사람들을 고양시키는 프로파간다 시에 대해서는 회원 내부에서 공공연한 비판이 터져 나오고 있었다. 그것은 문화 활동 부분에서 상임 활동가였던 나에 대한 요구가 높아갔음을 의미하기도 한다. 이른바『지평선』은 내가 조직 운동과 개인 창작 활동과의 쟁투 속에서 전후戰後 시의 한 물결이 된 '현대시'에 참가하려 노력했던 '재일在日'을 내세운 시집이었다.

조선전쟁 휴전협정을 공화국의 승리인 양 선전하고 김

일성 장군의 영도력의 위대함을 신격화시키는 정치적 활동 풍조에 재일조선인 운동을 끌어들이려는 조선총련의 권위주의, 획일주의, 또한 관료주의가 횡행하는 가운데 급속하게 그로부터 떨어져나가는 자신을, 나는 병상에 누워 몸으로 느끼고 있었다. 당시 재일의 상황하에서 자기의 주체를 자주적으로 세우려 하면 할수록 자기 성찰적인 개인은 고립과 외로움을 강요당할 뿐이었다.

조직적 압력은 구체적인 간섭으로 나타나기 시작했다. 그것은 시 잡지 『진달래』의 주재자로 지목된 나를 향한 조직적 비판의 시작이기도 했다. 흡사 궁정극宮廷劇처럼 민전 중앙 기관을 공화국의 위신을 방패로 삼아 탈취한 조선총련에 의한 급조된 노선전환은 당시 정황상 체제를 굳히려는 조직적 운동을 필요로 해서 뭇사람의 시선을 모을 무언가, 요컨대 '사상적 악思想的惡'의 표본을 찾고 있었다. 티 없는 『진달래』가 그 알맞은 표본 악惡으로 바쳐졌다. 그런 우여곡절 속에서 냈던 『지평선』이 비로소 모국 언어의 자비를 얻은 시집으로 엮여 나온다니 기쁜 일이다.

　곽형덕 군, 고맙수다.

　　　　　　　　　　　　　　　2018년 4월 5일

　　　　　　　　　　　　　　　　　김시종

서문

김시종 군은 오사카에 있는 내 지인들 중에서 가장 젊다. 게다가 내 아내와 아이들이 누구보다 친애하는 우리 집의 귀한 손님이다. 내가 일에 열중하고 있을 때 시종 군이 우리 집에 오면 아이가 먼저 맞이하러 나간다. 아이가 "아빠, 시종 아저씨 왔어. 들어오라고 할게. 아저씨, 어서 오세요"하고 말한다. 아이는 내 마음을 잘 알고 있다. 나는 우리 아이들이 처음으로 접한 이방의 시인이 이토록 순직하고 또한 붙임성 있는 청년이라는 사실을 정말 기쁘게 생각한다. 우리 둘 사이의 인간적 친밀함은 아이들의 앞길에도 좋은 영향을 미칠 것이 틀림없다.

이 시집에 수록된 김시종의 시는 분명히 일본어로 쓰인 시로, 그중 한 편을 보더라도 김 군의 모국 조선이 오늘날 겪어온 역사적 고삽苦澁이 남긴 주름이 새겨져 있다. 하지만 그 음운의 울림은 내가 지금까지 느껴왔던 조선 민족의 시에 나타나 있는 독특한, 일종의 말 못할 애조와는 조금 다른 성질로 어딘가 정말 밝은 성질이 나타나 있다. 이

밝음을 불러온 것이 무엇일까 생각해 본다. 그것은 단지 젊은 세대로부터 비롯된 것만은 아니다. 우리 일본이 현재 놓인 상황을 포함해, 민족의 진정한 독립을 희구하며, 그것을 얻기 위해 싸우는 국민의 마음 밑바닥에서부터 불타오르는 공통된 확신 때문이다. 좀 더 명확히 말하자면 김시종에게 그것은 조선민주주의인민공화국이라는 현재를 이끌어 가는 별이다. 그 길을 향해가는 빛나는 커다란 별빛인고로, 김시종 시의 음운은 낡고 슬픈 조선의 노래가 보여줬던 영탄을 벗어나 밝고 강하며 우리 일본 시인들에게 용기를 주고 있다.

허남기, 김달수라는 뛰어난 두 작가에 이어 지금 나는 또 한 명의 젊은 조선의 시인을 내가 살고 있는 오사카에서 만나게 됐다.

이쿠노生野의 이카이노猪飼野 술집에서 그와 그가 소속된 오사카조선시인집단 '진달래' 동인들과 돼지곱창 술집에서 입맛을 다시면서 뜨거운 술잔을 기울이던 밤은 내겐 여전히 좋은 추억이다. 그날 밤은 정말로 호사스런 밤이었다.

병상에 누워 있는 김시종 군이 하루라도 빨리

쾌유하기를 빌며

오노 도자부로小野十三郎

자서自序

자신만의 아침을

너는 바라서는 안 된다.

빛이 드는 곳이 있으면 흐린 곳이 있는 법이다.

붕괴돼 사라지지 않을 지구의 회전이야말로

너는 믿기만 하면 된다.

태양은 네 발 아래에서 떠오른다.

그것이 큰 활 모양을 그리며

정반대 네 발 아래로 가라앉아간다.

다다를 수 없는 곳에 지평이 있는 것이 아니다.

네가 서 있는 그곳이 지평이다.

틀림없는 지평이다.

멀리 그림자를 늘어뜨리며

저물어가는 석양에 안녕을 고해야 한다.

진정 새로운 밤이 기다리고 있다.

목차

2. 가로막힌 사랑 속에서

1,

밤을 간절히
바라는 자의 노래

어두워진 바다 위

구름 한곳이 붉게 타오르고 있다

지평 아래에서 오는 빛이

저런 곳까지 도착해 있다

—오노 도자부로 「밤 구름」 중에서

박명

생기 없는 불단의
사진은 빛바래 있는데,

퇴색한 칠의 액자 속에
10년이나 들어가 있는 아들인데,

이루 말할 수 없이 애석한 어미가
포기 할 수 없는 아내가

십만억도+萬億途* 황천길
고이 가라며 등불을 손에 든다

흰 쌀밥 골라
배고픈 마음의 넋에게

맘껏 드시라며 불단에 올린다
채워지지 않는 나날의 정성이여.

>

누만금인지 모를
이 땅의 어미가, 아내가, 늙은 아비가

뎅 하고 울리는
종소리

새해의 정적을 치며
뎅뎅뎅 하고 전해 온다.

아 의식 없는 아침의 속죄여,
기지基地 일본의 울타리를 돌아다니며

덧없이 사라지는
한탄했던 나날의 통곡이여,

승천하지 못한 계속되는 회오가

귀 기울여 듣고 있다.

*십만억도 : 이승에서 극락 사이에 있는 많은 불토.

신문기사에서

꽃의 파리 천국에서
다섯 아이 어머니가
가스관을 물고 죽었다 하네
돈이 없어
배고파 견딜 수 없다
써 놓고서 죽었다 하네

"내 끼니를
더 축낼 뿐이잖아"

죽어서 잘 끝났을까?
아이들은 살아남아 살이 쪘을까?
라오스에서 죽은 남편과는
저세상에서 헤매지 않고 만났을까?

멀리 떨어진 프랑스에서
홀로 죽은 게 뭐라고

신문 기사를 넘기니

일본국日本國이 자리잡고 있었지

"자네, 자네,

이 세상의 격차를 믿을 수 있겠나?"

후지富士

난 이 꽃 하나하나를
본 기억이 있다.
진달래, 연꽃, 들국화, 제비꽃
마음속에 고향을 간직한 사람이라면
누구나 아는 꽃 이름이다.

조선의 산야에서
가장 심하게 당한 것은
이 꽃이다.
중국 대지의 산골짜기에서
가장 심하게 짓밟힌 것도
이 꽃이다.
전부 불태워진
히로시마 언덕에서
쓸쓸히 소생한 것도
이 꽃이다.

모토스本栖 포좌砲座에서 바라보는

완만한 구릉에서

불도저가 지금

철 손톱을 앞세우고 있다.

새까만 캐터필러를 땅에 박아가며

이 무한궤도는

내 시야 끝까지 이어져 있다.

만약 후지가 관통을 허락한다면

탄도彈道의 건너편은 조선이겠지.

하지만 후지는 움직이지 않는다.

자신의 산 중턱에 포탄을 껴안은 채로

후지는 미동조차 하지 않는다.

활짝 갠 5월 하늘 아래

눌려 찌부러진 야생화

하나하나

벌벌 몸을 떨며

다시 일어서는 모습이 내게는 보인다.

규율의 이방인

너희에게 표정은 없다.
너희에게 감정은 없다.
너희에게 피는 없다.
너희에게 눈물 따위는 물론 없다.

너희는 움직인다.
그저 움직인다.
기계처럼 우격다짐으로
그저 해낸다.

그 정확함.
그 충실함.
그 적합한 복장.
그 따분한 의도.

그대의 눈은 나와 같은 색.
내 주위에 있는 그대의 동포들과

완전히 똑같은 검은 색.

그대는 그 눈을

화나게 하고 있다.

그대는 그 눈을

흐리게 하고 있다.

농촌 출신인 그대가

용마루 긴 집에서 자란 그대가

쓸쓸한 어촌의

바다내음을 알고 있는 그대가

부어오른 그 손을 비틀어 올렸다.

염천 하에 계속 앉아 있는 여윈 배를 차올렸다.

높지 않은 등뼈를

붉지 않은 머리카락을

길지 않은 정강이를

쥐어뜯었지요.

휘둘렀지요.

쫓아 버렸지요.

제3 게이트로부터

스나가와마치砂川町에서 철수하는 그대들에게

말 따위는 없다.

일본 따위는 없다.

하얗게 다시 칠한 미군 트럭의 천막 안에서

그저 작게 숨을 쉬고 있을 뿐이다.

세탁한 속옷에

끈적끈적한 땀을 흘리고

쓸데없는 것을 떨쳐낼 리 없는 그대들이

입을 다물고 짠 내 나는 땀을 닦고 있다.

입을 다물고 제복과 규율 사이를 달리고 있다.

역자 주: 용마루 긴 집은 일본의 나가야(長屋)를 말한다. 칸을 막아서 여러 가구가 살 수 있도록 한 얕은 층(주로 1층)의 집으로 주로 서민들의 주거 공간이다.

빛바랜 유방

전차에 탄다.

거리를 걷는다.

영화를 본다.

꽉 차서 터질 것 같은 여성을 만나

먼로 워크Monroe walk 엉덩이에 압도당하고

다 뻗은 다리를 한 팔등신을 보며

마음이 춤춘다.

나는 젊다.

저 다리에 조아리고

허리에 매달리고

저 유방을 마시고 싶노라 생각한다.

타관 사람으로 자라나는

사람이 많은 일본이니 만큼

저 가슴의 풍만함을 털어보고 싶다고 생각한다.

정말로 알맹이가 가득 차 있는지

아니면 허공의 브래지어뿐인지

내 손으로 확인해 보고 싶노라 생각한다.

한껏 치장을 하고 거리를 활보하며
울타리 안의 어린아이를 장난감으로 달래며
그러면서 더욱
엔젤 분유*의 죄뿐인가.

부지런한 아버지가 있었으면.
폭신한 어머니의 가슴이 있었다면.
그것과 함께 하는
내 성장의 나날이 있었으면.

*모리나가(森永) 분유.

역자 주: 마를린 먼로 식 걸음걸이. 엉덩이를 흔들면서 걷는 것을 말
한다.

밤이여 어서 오라

해바라기가 병에 걸렸다
밤이여 어서 오라,
불꽃이 점지해 준 아이가
열에 가위 눌려 있다,

천만인의 희구가,
그의 목을 구부렸다,
툭 하고 떨어진 목덜미에
태양이 작열하고 있다.

밤이여 어서 오라
낮만을 믿는 자에게
무장한 밤을
알려줄 터이니,

차가운 밤공기
끝을 알 수 없는 깊은 어둠

해바라기여, 해바라기여,
태양을 향한, 추종을 그만둬!

진실로,
네가 태양의 사도라면,
늘어진 낮을 포기해라!
밤을 믿고 내일을 믿으며,

새벽의 서광에
그대의 머리를
곧추 세워라!
밤이여, 어서 오라 어서 오라
사람과 말이, 꽃이
땀투성이다··········

— 샌프란시스코 단독 강화조약을 앞두고서 —

타로

옆집 개가
똥을 찾고 있다.
뒷다리 뼈를 삐쭉 내밀고서
마치, 남의 것이라도
훔쳐 먹고 있는 양
떨고 있는 모양새다.

쫓아내기에는
너무나도 궁상맞고
그렇다고 계속 두고 보기에는
조금 고약한 냄새가 난다.
내가, 이 녀석을 처음 본 지
6개월,
백일 동안 한결같이 덜덜 떠는 똥개에게
정말이지 탄복했다.

이 녀석의 이름은 타로

얄궂게도 인간의 이름을

쓰고 있다.

굶주려도, 거역할 줄

모르는 녀석의 말로가

바로 이 녀석이다!

이봐 타로,

사양 말고 먹어

그 공복의 창자가 꼬일 때까지 먹어!

다만 격에 맞지 않게 살이 쪄서

네 아비의 그 탐욕스러운

몽둥이에만은 당하지 마라!

하루에 한 번 고기 조각도 주지 못하는 주제에

녀석은 이미, 네 몸을

삶아서 만든 요리를 생각했다고.

너를 바라보고 있으면

나마저, 이상하게 똥에 파묻혀 가는 듯하다
깡마른 목을 쭉 뻗고서
홀쭉해진 넓적다리에 꼬리를 감고서
멍한 시선을
한입 먹을 때마다 이쪽으로 던진다,

이제 그만둬!
가득한 똥에조차 벌벌 떨어야 하는
너의 그 깨깨한 인생을
진짜 개에게
내가 먹여 주고 싶다!

남쪽 섬
― 알려지지 않은 죽음에 ―

피부가 검으니
반점도 그렇게 눈에 띄지 않았겠지

머리카락이 곱슬곱슬하니
빠진 머리털도 신경 쓰이지 않았겠지

오장육부의 위액까지 다 토해내
문드러진 개처럼 죽는다 해도

이들 태양의 자식은
인간의 죄로 비난 받지 않았겠지

이목의 바깥에서
먼 섬들의 이름도 없는 사람들

누가 이 사람들의 방사능을 측정하나?
누가 이 사람들의 한탄을 들어주나?

\>

대가 없는 모르모트여

한정된 세계 속에서 기원을 올리지 말라

태고연한 그 애도에

육지로 밀려 나온 물고기의 하얀색이 눈에 선하다

아아 좁은 지구 안에서

아이크Ike여 덜레스Dulles여

비키니 섬Bikini Atoll은 너무나 동양과 가깝고

너무나 미국과 멀다

역자 주 1: 미국은 비키니 환초에서 1946년부터 1958년까지 핵 실험을
했다. 그러던 중 1954년 3월 1일 실험 당시 일본의 어선 제5후쿠류마루
(第五福竜丸) 선원들이 피폭을 당하면서 반핵 운동의 도화선이 됐다.
역자 주 2: 아이크는 아이젠하워 대통령을 뜻하며, 덜레스는 존 포스터
덜레스(John Foster Dulles)로 제52대 미국 국무장관(1953~1959)이다.

처분법

제방 위에서
장례식을 보고 있었다.
백주대낮의 공공연한 학살을
이 눈은 확실히 끝까지 지켜봤다.

'출입금지' 팻말에
강아지 한 마리 가까이 다가갈 수 없는
이런 세상이 어느새
오사카 일각에 둥지를 틀어버리고 말았다.

기왓조각이 가득 찬 매립지를 파고 또 파서
2천 수백 관이나 되는 대량의 쓰레기를
시바타니芝谷 매립지에 처분한 모양인데
있는 대로 매장한 것이
어족魚族뿐이라니
나는 도저히 믿을 수 없다.

참치가 등신대인 것에도

놀랐는데

구멍 하나에 처넣어진 채로

기왓조각에 짓눌린 것을 보고 눈을 크게 떴다.

나는 이전에도

이러한 장례식을 알고 있다.

탄 사체는 분명히 검게 그을렸는데

시대는 산 채로, 목숨을 끊고 사라졌다.

지식

정상인의 장기臟器라면

간장 무게가 1200그램이고

윤기 흐르는 색에 곤약만큼

단단하다고 한다.

복수腹水는 보통 2리터를 넘고

비장脾臟은 90그램 내외가

정상에 가까우며

심장은 자신의 주먹크기 정도.

오줌이 차면

300CC는 족히 되고

갈빗대가 비쳐 보이는 사람조차도

30CC의 흉수胸水를

늑막 근처에 담을 수 있으며

의식의 한계를 알고 싶다면

143그램까지 뇌의 무게가 가벼워져도

괜찮다고 한다.

>

물정에 어둡고 무지한 내가

보지 않고는 받아들일 수 없는

구보야마久保山 씨의 내장 기관

3분의 1에 미치지 못하는

너무나도 수축된 간장을 봤으며

배 이상으로

부어오른 심장이

백혈구의 통제에 찢겨져 죽었다는

좌우 양쪽 심실의 노란색 문도 보았고

똑같이 노란색으로 부은 폐의

타르프성 폐렴의 병소病巢까지 발견해

혈관에서 비어져 나온 혈액이

오줌이 가득 찬 방광에까지

흘러 들어간 것을 확인했으나,

그것으로 나는

정말 납득을 했다고 말할 수 있을까

죽은 사람을 이렇게 잘게 썰어서

내가 알고 싶었던 것은 무엇이었던가?

안다는 것의 어려움이

골수까지 들춰내

26개의 원소가 있었다고

비키니 핵실험 재에 사과하면 좋을까

갈릴레오의 눈알을 빼내려 했던 것은

옛 이야기지만

한줌 재를 알기 위해서

30만에 이어 한 남자를

저민 조각으로 만들고서도 아직 충분치 않다니.

역자 주: 구보야마 아이키치(久保山愛吉)는 참치어선인 제5후쿠류마루의 무선 연락장으로 출항했다가 남태평양 비키니 환초 부근에서 미군의 핵실험에 의해 피폭됐다. 피폭으로 그해 9월 23일에 사망했다.

묘비

구보야마 씨의 묘비명을
바위에 새깁시다.
아주 먼 옛날 그 옛날부터
이 땅에서 살아 숨 쉬는 바위에 합시다.
대리석에 새겨서는 너무나 차갑고
화강암에 새기기에는 너무나 단정한데
그렇다 해서 나무에 새기는 것은 불안하니
역시 야이즈焼津 파도의 물보라가 이는
물가 바위에 새기기로 합시다.
언제고 끝나지 않을 언약이
묘비의 건조함을 적시듯이
비말을 높이 쳐 올리고
더러워진 이 세상에 화를 내듯이
바닷물의 흐름을 맑게 만듭시다.
결코 처음 죽음이 아니라고
히로시마 나가사키를 잇는 한 명이라고
죽기 직전의 순간까지도

원수폭 금지를 외친 사람이었다고

ABCC*의 수고를 끼치지 않고

동족이 지켜보는 가운데 죽어간 사람이었다고

세계의 친구들에게 알립시다.

언제 언제까지고 새깁시다.

*ABCC는 히로시마원폭상해조사위원회를 말한다.

역자 주: 아이즈(焼津)는 시즈오카현의 지명이다.

확실히 그런 눈이 있다

해 뜰 무렵
문을 닫은 방에서
어스제약 모기약을 뿌렸다.

갈 곳 잃은 모기가
얽혀서 웅성대며
차가운 유리창 표면에서 절멸돼가는 모습을
나는 마음껏 바라보고 있었다.

우스울 정도로 죽어가고 있다.
단말마의 날개를 길게 곰틀거리며
웽 하고 한 바퀴 날다 죽어 간다.

하얘진 창문에 스프레이를 향하고
소인국의 걸리버처럼
나는 내 방을
힘차게 밟고 있었는데,

>

모기가 떨어질 정도로

세계를 나누고

가만히 응시하고 있는 또 하나의 눈이

내 등을 잠식하게 한 채로

작은 상자 안에서 꼼작도 할 수 없었다.

역자 주: 어스제약(アース製薬)은 1925년에 설립된 일본의 제약회사
로 살충제 및 위생약품을 제조 판매하고 있다.

먼 날

언제 적 일이었던가.

내가 짧은 매미의 생명에 놀랐던 것은.

여름 한철이라 생각했는데 사흘 생명이라 듣고서

나무 둥치 매미 허물을 장사지내며 다닌 적이 있다.

먼 옛날 어느 날의 일이다.

그로부터 얼마나 시간이 흘렀을까.

한창 무더위에 소리 높여 우는 매미 울음소리를

나는 조심스레 듣게 됐다.

한정된 이 세상에 목소리조차 내지 못하는 존재가

심려돼 어찌할 바를 몰랐다.

나는 겨우 스물여섯 해를 살았을 뿐이다.

그런 내가 벙어리매미의 분노를 알게 되기까지

100년은 더 걸린 듯한 기분이 든다.

앞으로 몇 년이 더 지나야

나는 이런 기분을 모두에게 알릴 수 있으려나.

내핍생활

헌 신문을 휴지 대신으로밖에 쓰지 못할 정도로
비경제적인 나다.
포장을 하려 해도 중요한 알맹이가 없기에
그저 화장실로 직행이다.
바스락바스락 하는 녀석을 손바닥에 동그랗게 말아서
우선 그 팽팽함을 죽인다.
그것을 서서히 다시 펴면서
두세 줄 읽는 사이에
일을 볼 수 있다.

그러다 우연히
요시다 시게루吉田茂 씨의 "내핍생활론"과 맞닥뜨리게
됐다.
무엇이든 참고 견뎌야 한다!
넓적다리로부터 한일자처럼 똑바로
위쪽을 향해 똥을 닦아내는 중에
요시다 씨는 여전히 우쭐대며 싱글거리면서 엽궐련을

입에 문 채로

극히 지르퉁한 표정을 하고 있었다.

요시다 씨여, 용서해 주오.

그런 기분은 그 누구보다 내가 더 잘 안다오.

역자 주: 요시다 시게루는 전후 일본을 대표하는 정치가 중의 한 명
이다. 1948년부터 1954년까지 두 번째로 내각총리대신을 역임했다.
일본의 처칠이라 불리기도 했다.

기대

선글라스를 다시 넣고서
그는 조각상이 됐다.

드디어
목표를 정한 모양이다.
지나가던 사람도 허리를 구부린다.
나는 이상한 기대감에 숨죽였다.

── 떨어질까?

조용히 오후가 물러가는 시간
눈부신 나뭇잎 그늘.
총안銃眼에 어른거리는
작은 새의 승천은 볼만 하다.

툇!

그는 반사적으로 군침을 뱉고
아주 새것인 공기총을 반으로 접은 후
작은 새의 행방을 확인한다.

사람들은 아쉬운 듯이
손가락으로 사냥감을 쫓았고
나는 졸졸
그들을 따라갔다.

다만 마음만이 쫓아갈 수 없는
한 구석에서 겨우 소리를 내며 웃는다
"꼴 참 좋다!"

취우

아침의 틈을 꿰매며
비가 쏴아 하고 내렸다.
참을 수 없는 분울憤鬱이
기와지붕에 흘러내려 유리창에 튀고
준비 없는 문지방에 스며
잠이 덜 깬 아침의 조용함을 제압한다.

이 변동 속에서 어느 정도의 방호구를 갖추었나
그을음이 낀 유리창을 통해서
제비처럼 당황해서 날아 오른 흰줄의 학생 모자
신문은 살짝 귀가 젖어 있을 뿐이다.

국방군 18만 증강의 무거움을
겨드랑이에 끼고서
그대는 줄기차게 비가 내리는 이 아침녘에
집집마다 그것을 넣었다.
손에 든 신문의

정말 따스한 그대의 온기가

지금, 내 손바닥으로부터 정수리로 스며들어 갔는

가……

우라토마루浦戸丸 부양

인간이란

이 정도로 하잘 것 없는 존재인가?

그저 10년 정도의 세월에

진부하게 성불해 버린다.

50미터 근방 해저에서

아귀와 넙치와

사이가 좋아져

감지 못한 눈알을

바다뱀에게 먹일 정도까지

이 근처의 새우류까지

텅 빈 두개골에 살게 한다.

한 명 정도

제대로 된 망령은 없는가!?

쌓인 진흙을 제거하고

겨우 인양한 배의 창고 안에

책상다리를 하고서

남루한 셔츠의 가슴을 털면서

껄껄 웃고 있는 듯한

SEATO*에

입김이 닿아서

함선 건조 안이 나왔을 무렵

어쩌면 히토오키 어딘가에

그런 녀석이

둘이나 셋

있을지도 모르겠다.

*SEATO는 동남아시아 조약기구를 말한다. 반공산주의 국가의 군사
동맹으로 1954년에 창립돼 1977년에 해산됐다. 반둥회의에 대항해
만들어졌다.

역자 주: 히토오키(比島沖)는 2차 세계대전 중인 1944년 10월 23일
부터 25일까지 필리핀 주변 해역에서 발생한 일본 해군과 미 해군
사이의 해전이 벌어진 먼 바다.

아이와 달

질 듯 질 듯 한 해가 떨어지고
저녁 식사도 마치고 풍경이 새로운 저녁 바람을 전할
무렵
길가 곳곳 평상에는
유카타 차림에 편안한 밤 이야기꽃이 핀다
담소를 섞어가며 올려다본 불꽃놀이에 이야기가 뒤
얽혀
폭파로 날아간 팔이나 살덩어리의 피비린내도
어느새 괴담으로 옷을 갈아입다니 정신없다.
여름 밤 꿈은 커다랗고
아이크Ike의 위성발사로부터
우주여행 로켓까지
손자의 지식에 조금의 착오도 의심도 없다.
할머니는 호들갑스럽게 눈을 크게 뜨고서
"어째 그런 일이 다 있다냐!
원자력은 폭탄이잖아"
8천 미터 상공 바다를 건너온 비행기에만

관련된 순례의 날들.

아버지는 입을 다물고 석간신문을 탐독하며

딩동댕동 하고 울려 퍼지는

미오쓰쿠시 종鐘이 귀로를 더듬는다.

불꽃놀이만으로도 집이 날아갔는데

어네스트 존이 일본에 오고

원자포原子砲가 오키나와에 왔다고 한다.

어린아이들이 말해서 위를 보니

얼마나 달이 크고 가깝던지.

역자 주 1: 유카타는 목욕을 한 후나 여름철에 입는 무명 홑옷이다.

역자 주 2: 미오쓰쿠시 종(みおつくしの鐘)은 1955년 오사카시 지역 부인단체 협의회가 청소년을 지키는 사랑의 종 건설 운동에 착수해서 만들었다. 매일 밤 10시에 멜로디가 나오는 종으로 구 시청사 탑에 설치됐다.

역자 주 3: 어네스트 존(Honest John)은 미국 최초의 핵 공격이 가능한 지대지 로켓을 말한다.

산다는 건

무의 존명력存命力이
인간의 삶에 암시를 주는 듯하다.
불사신인 그 몸은
몸이 잘려 나가고 속을 도려내어도,
한 되 십전의 수돗물
몇 방울 물에 행복해 하는 한
삶을 포기하지 않는다 한다.
게다가 거꾸로 매달려서
〈 모양으로 구부러져서 싹을 위로 솟아나게 하는 모
양은
엄청난 교훈을 자각하게 한다고 하지.

산다는 건 어려운 일,
응달에서 시들고
생기가 뽑혀나가도
산다는 건 고귀한 것이지,
이번에만 살아남는다고 하는

잎사귀

참 노랗지 않은가.

왕성한 생명력이

교훈을 위해 산제물이 되다니

말도 안 되는 철학이라고 생각하지 말라,

적어도 내 삶은

습성이 아니다.

사이토 긴사쿠의 죽음에 부쳐

8월 16일 밤늦게 사이토 긴사쿠 씨는 철로를 따라 홀로
귀가하던 도중에 외국 병사가 철도공사를 하는 모습을 목격했다.
공사를 하던 사람 중에는 일본인도 있었는데
집까지 따라와서 그 사실을 입 밖에 내지 말라고 말했다.
다음날 아침 열차가 탈선한 것을 알고서 가슴이 뜨끔했다.
사나흘 후에 군정부로부터 출두하라는 통지가 오자
그는 두려움에 요코하마로 도망쳤다.
하지만 그는 요코하마의 개골창에서 시체로 발견됐다.
－『신일본문학』 11월호 특집 「마쓰가와사건松川事件」에서

한여름 개골창은 미지근했다
부글부글 거품이 나며
네 입을 채우고 있었다
눈이건
코건
귀건
너를 살리는 모든 것이
진흙에 채워진 채 죽어 있었다

>

봐서는 안 될 것을 봤고
알아서는 알 될 것을 알았던
네 눈이, 입이
이 바닥을 알 수 없는 일본의 심연에 빠져
아미타불이다
물로 씻겨 쇠지레의 지문과 마찬가지로
사이토의 넋도 일본의 진흙 밑바닥에 침전하고 있다

떠오르지 않는 일본의 밤이여
8월 16일에도 별은 빛나고 있었는가
떨어졌는가
사이토가 봤다는 선로 공사장 인부의
코는 높았을까 낮았을까
입을 틀어 막힌 사이토의 입이
군정부가 보낸 소환장에
두려움에 떨었던 그 색깔을 말하라, 그 목소리를 말하라,

사이토여, 입이 틀어 막혀 말할 수 없는 긴사쿠여,

나는 땅 끝에 가서 그대의 이름을 부르리라

그대 눈에 가득 찬 진흙을 없애면

8월 16일 별빛이 나올지도 모른다

네 입에 찬 진흙을 빼내면

그날 밤 만난 키가 큰 인부의 이름이

나올지도 모른다

네 숨을 막고, 네 눈과, 입과,

귀와 코에, 진흙을 채운 검은 손이야말로

스무 명의 젊은 목숨을 없앤

마쓰가와 사건의 진짜 범인이다!

이곳은 주류군駐留軍의 땅, 일본

도처에 심연이 들여다보이는

암흑의 땅이다

요코하마 개골창은 검고

말하지 못하는 사이토의 죽음을 숨기고

백절 천절

어둡고 어두운 일본의 뒷면을 지나고 있다.

역자 주: 사이토 긴사쿠(斉藤金作, 1903~1969)는 형법학자다. 1950년
에 일어난 마쓰카와사건(미군에 의한 열차 전복사건)을 목격한 후 쇠지
레로 살인을 당했다고 한다.

악몽

울고 있을 눈이
모래를 흘리고 있다
나는 더 이상 견딜 수 없어
비명을 내질렀는데,

지구는 공기를 빼앗겨
목소리를 내지 못했다

노란 태양 아래
나는 미라가 됐다

지구는 차갑고
부모님조차 이런 나를 잊었다

너무나 큰 슬픔에
나는 눈을 떴다, 하지만
묘하게 생청스러운 방 안이었다

오래된 달력만이 걸려 있고
아무리 찢어내도 어제다

오늘을 원한다!
　창문을 열자마자
　맹렬한 바람이 안으로 들어와서
　모든 것을 다 날려버리고
　피부 깊숙이 유리창 파편을 박아 넣었다

아파! 이게 진짜라면
이 상처는 영원히 오늘을 기억하겠지
꿈의 꿈으로부터 깨어난 눈에도
역시 벗겨진 달력은 존재했다
폐병廢兵 옷자락의 그 번쩍임이
끝없는 악몽 속에서 울리고 있다

나는 교통신호기의 붉은 신호를 확인하며

비스듬하게 차도를

경보기가 호통 치는 가운데

힘차게 내달렸다

장마철 밤

아무렇게나 내던져진 다리.
그것이 가장 위험한 물건이다.
넓적다리 사이 부풀어 오른 것이
약간 입을 벌리고 있는 것처럼 보인다.

일을 허탕 친 깡마른 남자가
비행기와 탱크에 시달리며
쪼그려 앉자마자 넓적다리 사이의 것을 넋을 잃고 보고
있다.
　　비는 여전히 그치지 않고 있다.

　　습성. 전희 따위 있었을 리 없다.
남자가 올라탄다. 여자는 자고 있는 그대로 다리를 벌
린다.
　　……………………………………
　　남자만이 열중하고 있다.

갓난아기가 울었다.

흔히 있는 일임이 틀림없다.

여자는 그 자세로

갓난아기를 끌어당긴다.

갓난아기는 아무 것도 모른다.

빈 젖꼭지에 속아서 목소리를 낮췄다.

남자는, 내일 날씨를 걱정하며 속삭인다.

으으으으응. 여자는 눈을 비빈다.

그 손으로 남자의 목을 꼼짝 못하게 꽉 껴안았다.

  어찌 할 도리가 없다.

격렬해졌다.

  비가 격렬해졌다.

아무 일도 아니다.

40촉광 전등 빛이 둔하다.

내일도,

　일을 찾는 건 무리겠지.

— 우리는 비행기와 탱크를 각각 모기와 빈대로 불렀다.

역자 주: 일본의 장마철은 쓰유(梅雨)라 하며 6월 무렵이다. 날이 습하고 비가 자주 내리는 계절이다.

눈

젊은이는 전방을 응시하고,
중년 여자는 아래를 보고
노인은 몸을 젖히고 있다.

〈젊은이는 난시라, 머리를 흔든다.
  중년 여자는 근시로 고개를 끄덕인다.
  노인은 안경을 닦으며,
  꿈을 탐한다〉

이 땅에서 평안平眼이 사라졌다.
시력 기준이 인플레로
널뛰어 올랐다!

22도의 평안을 지닌 자,
한 자 사방 자신의 세계에서
침을 질질 흘린다,

120도의 선견을 지닌 자,

교호하는 자외선에

눈이 노출돼 공적병恐赤病,

세상은 마치 안경 군비軍備다.

미제 선글라스는

일본에서 잘 팔린다!

"당신도 하나 어떠세요?"

"아니요, 저는 난시라서 괜찮습니다."

여기 한 사람, 제대로 된 난시광이 있다!

털 복숭이 흰 손이, 다섯이고 여섯이고

겹쳐 보이니,

조금은 무서운 생각이

들기도 하잖아.

개표

생각은 이토록 커다랗고
표는 이토록 적다.

단 한 장 종이조각에
백 개 이상의 마음을 적는 거다,
생각이 넘치는 인간도
아첨 외에는 모르는 인간도
한 표 한 표 행사했다.

치밀어 오르는 분노는 끝이 없는데
우리는 팔짱을 끼고서
생각에 잠기지 않으면 안 된다 ―

이봐 형제!
의지 표명의 권리가 없는
우리 조선인이
불처럼 투표를 다시 하자.

>

곧 덮쳐 눌러올
중압 때문에라도,
우리는 조용히 조용히
마음속 표를 나누도록 하자.

굳어진 원자핵처럼,
눈에 보이지 않는 분노를 품고
그대들의 표를 포위할 때,
원폭 아이의, 기지 아이의,
바다 저편 전재戰災를 입은 아이의
뜨거운 뜨거운 숨결이 밴다.

표가 적다,
의석도 적다,
하지만 그 한 표 한 표에는
폭발 직전의 입김이 닿아 있다.

작게 작게 단단히 단단히
응고된 그 힘,

마침내 섬광을 발할 거다
큰 음향과 함께
열쇠 구멍의 파수꾼 놈들을
쓰러뜨릴 테다!

그때야말로
한 표에 한마디를 쓰자.

살아남은 것

이들의 의지에 움직여서
걷어치우려던 손을 쉬었다.

끊임없이
트럭이 오가는 길가에
뒤얽히고, 파손된 채로
먼지를 받고 있던 잡초 ——

—— 어느새 달라붙었던 것일까?
다 건조된 것에
이 정도의 힘이 있었다니 신기한 이야기가 아닌가 ——

대충 봐도
여섯 종류는 있다.
구부러진 직창과 바람에 실린 우산,
작은 창에
아기자기한 가시 돌기 등,

>

어느 것 할 것 없이
수동적인 것뿐인데
활동하기 위해 도구를 갖추고서
퍼져나가기 위해 달라붙어 있다.

행락에서 돌아오는 길에
무거운 허리를 전차에 무겁게 박고서,
나는 상식의 문초를
그만두기로 했다.

설령 그것이
현재 사회와는 무관계한 번식이라 해도
나는 이 의지를
무시할 정도의 용기가 없다.

고쳐 앉아,

모르는 척을 하고,

나는 그저 떨어질 때까지

바지 자락의 이 녀석을 운반할 것이다.

꿈같은 이야기

내가 뭔가 말하면
모두가 바로 웃으며 달려들어
"꿈같은 이야기는 하지 마" 해서
나조차도
그런가 싶어진다.

그래도 나는
포기할 수 없어서
그 꿈같은 이야기를
진심으로 꿈꾸려 한다

그런 터라
이제 친구들은 놀리지도 않는다
"또 그 이야기야!" 하는 투다
그런데도 꿈을 버리지 못해서
나 홀로 쩔쩔매고 있다.

카메라

진실을 찍어라
　초점을 흐리지 마
　우리의 손과 다리와
　얼굴을 찍어라

　피가 섞인 물집은 찍었어?
　한 줄기 주름까지
　놓쳐서는 안 돼
플래시를 터뜨려라!

선회旋回
　구멍 뚫린 공동空洞을 도려내야 한다
　거무칙칙한 죽은 자의 꿈틀거림 폐허의 조각 ——
쳇 이건 속임수잖아!
피도 살도 뼈도 진흙도
흑백만으로 끝내 버리다니

촬영자여 카메라가 구식이야

게다가 무성이라니 수가 없어

그래서 다들

상업영화로 전환했던 거다 ——

토키의 확보

아그파 컬러Agfa Color로의 변혁

　호색한이 미남이어서는

　일이 잘 될리 없어!

　좋아! 카메라를 이리 줘봐

　내가 찍어주지

컷 관광호텔을 근접촬영 해야지

　—— 설마 그 뒤가 빈민가일 줄 누가 알겠어

고급차를 모는 신사숙녀

　대단하지 저건 2세가 아니잖아

　최고로 모던한 일본 아가씨야

>

얼굴, 얼굴, 얼굴, 얼굴
  아하하 아하하 기가 죽었군
  저건 네 낯짝이 아니냐!
으음. 참 감쪽같단 말이야
  저 술 배를 봐
  돼지처럼 살이 쪄 있잖아

생령生靈의 행렬
  이놈이고 저놈이고 짚 인형이다
뭐라고? 일가가 동반 자살을 했다고?
  다 치운 다음이라 발밖에는 안 나오잖아

손을 내 놓아라 다리를 내 놓아라
  붙잡는 손을 걷는 다리를
배를 보여라 움쑥 꺼진 배를 보여라
갈비뼈가 튀어 나온 부분을 찍을 테니

>

하는 김에 녹음기를 갖춰야지
우릉우릉 우릉우릉
저게 뭐야?
비행기다 폭격기의 소리다!

뭐라고?
여기는 일본이야
전쟁을 방기한 일본인데
어째서 다시 날아다니는 거야?
좋아, 이봐 자막을 준비해!
이건 '침략'으로 가자!

자아 다음은 롱쇼트로 할까
헤에 그 모퉁이에서 그리스도의 몸짓을 잘 부탁해
움직이고 있는 건
누군가 했더니 덜레스 씨지?

안개는 몇 겹이고 사거리에서 덮쳐 오고

　잡동사니 전차는

들뜬 마음의 신호에 비명을 내지르고 있다

교통순사 시게루 씨

　오른손을 들었다

정지. 왼쪽은 빨간색이다, 움직이지 마!

아 아 결국 짐차와 캐딜락이 충돌했다

저 로터리를 엮어 나가는 트럭은

도대체 무엇을 나르고 있나

앞으로 나아가지 못하는 다트선 트럭

귀여운 목소리로 울거나 화내거나

같은 자리를 빙빙 돌며 날이 저무는 중소기업

　거 참 제멋대로 나오는 시그널처럼 위험한 것은 없다

아차차 이거 참 좋지 않아

카메라를 너무 돌려서 무대 뒤를 찍었잖아

　그런 촌스런 짓은 그만두자

　그건 어디까지나 무언가의 예비대豫備隊로 해놓아야지

　저 일장기 정중앙이 붉은 것은, 바로 세기의 상처 자국
이지

　8백만이 흘린 피가 저것밖에 물들이지 못했다니

　그렇지만 신경이 쓰이잖아

　저 직립부동의 할배는 누구야?

　이것 참 실례를!

　위세 당당한 아시다 히토시 장군님을 모른단 말이야!

　아무리 평상복을 입고 있다 해도

　야마토 민족 8천만의 자위권을 짊어지고 계신 분이신데

　이래서는 아무래도 색기가 너무 없어서

　멜로드라마는 안 되겠어

　이런. 난투극으로 해버려!

컷백(장면전환)

어떠냐! 조선 대중의 악법 반대다

내 조국을 제멋대로 바꿔놓고

가고 싶지도 않은 나라에 제멋대로 보내놓고

원수 매국노 놈들의 진두에 서게 하려 한다

그런 썩을 놈들에게 정면으로 부딪치는 데모 행진이다

 여기서 입을 다물어서는

 민주 경찰의 불명예다

탕탕!

한 발 두 발 위협 발사로는 효과가 없잖아

어서 쳐라 쳐 곤봉으로 휘몰아치는 거다!

 카메라여 회전하라

 진실을 찍어라

 아우성은 뭐였지?

초점은 잘 맞아?

플래카드를 클로즈업 해라

"강제송환 절대 반대!"

　일본의 대중이여

　카메라는 돌고 있다

　외칠 수 없는 자들은 자막을 써라

　두려움이 있다면

　괴로움이 있다면

　제각각의 가슴에 플래카드를 달아라!

카메라로 찍고 있나!

아무리 낡았다고 해도

자막은 흑백사진이어도 꽤 괜찮아

···.

　왜 침묵하고 있어!? 나를 못 믿겠어?

　쳇. 너희들이야말로 어지간히

이 카메라보다도 사일런트다!

○

하늘의 소리
　플래쉬를 터뜨려라!
　침묵하고 있는 장면을 찍는 거다.

역자 주 1: 다트선(DATSUN)은 닛산 자동차에서 만들었던 트럭이다. 1935년부터 만들어졌고 2002년에 10대째 생산이 종료됐다.

역자 주 2: 아시다 히토시(芦田均, 1887~1959)는 제47대 총리대신이다.

2,

가로막힌 사랑 속에서

나는 철창으로 밤하늘을 바라봅니다.

그리고 모든 벽이 무겁게, 내 가슴에

짓눌러 와도,

내 심장은 가장 멀리 있는 별과 함께

고동치고 있습니다

－나짐 히크메트 「가슴 아픔」 중에서

품

— 살아계실 어머님께 보내며 —

당신은 저를
기억하고 계시는지요?
막둥이 중의 막둥이에
버릇없었던 저를
기억하고 계시는지요?

태백산의 수맥을 타고
나는 지금 당신의 고동에
귀를 기울이고 있다
내가 자란 든든한 품을
확인하기 위해
나는 지금 당신이 내쉬는 숨결의
고동을 듣고 있다

쿵쾅 쿵쾅
　쿵쾅 쿵쾅

이건 확실하다

내가 당신을 믿고 있는 것 만큼

당신은 당신에게 확실하다

하루 천 톤의 탄환도

귀축鬼畜과도 같은 독사의 이빨도

당신의 숨결을

사라지게 할 수는 없다

당신은 살아 있다

우리도 살아 있다

당신의 가슴에 매달려서

그저 당신을 위해서

계속 살아가고 있다

당신의 흘러나오는 피는

내 어린 시절 꿈을 씻고 있다

아 상처 입은 가슴이여

얼굴을 바짝 대고 실컷 울고 싶다

당신을 아프게 하는

비행기가 이륙하는 이 땅에서

쇠망치를 지니지 못한 내 원망은 끓어오른다

오로지 당신의 고동을 믿는다

내 심장에 울려오는

당신의 확실한 숨결뿐이다

조국의 어두운 밤을

눈물과 함께 건너온 우리

눈에 스며들 것 같은 이국의 초록색에

목이 메는 조국의 적토를 떠올린다

연기가 오른다!

여기 저기 계곡에

이 나라 저 나라의 봉우리에

분노의 연기가 오를 거다!

멀리 베트남 숲에 울리는 메아리
그 끝에 붙잡힌 인민의
쇠사슬에 끓어오르는 분노!
확실한 어머니 품은
총이 작렬할 때마다
세계의 끝과 끝 지맥을 계속 흔들어댄다

땅을 기고 바다를 건너는
산을 이루고 언덕을 이루는
세계의 산맥은 맥맥이
당신이 내쉬는 분노의 호흡을 전달하고
미 제국주의의 수욕獸慾을 저지하는
그리운 조국이여
당신의 넓은 가슴에서야말로
가난한 자들의 꿈이 살아 있다

당신은 꼭

그것을 지켜주겠지

품속 꿈의

천 개 파편 하나하나에

놈들을 증오하는 목소리가 있고

놈들을 넘어뜨릴 맹세가 있는 이상

당신은 반드시

굳게 살아 계시리라

당신은 많은

아이들의 시체를 안고 있다

당신은 많은

아이들의 생명을 안고 있다

사랑하는 품의 토지이기에

자신의 목숨이 묻힌 아이들이다

자신의 몸을 바쳐서 지뢰가 되고

자신을 몸을 버려서 요새가 된 아이들이다

하지만 난 여기에 있다

바다를 사이에 두고 미 제국주의의 발판인 일본에 있다

제트기가 날아오르고 탄환이 만들어지는

전쟁 공범자인 일본 땅에 있다

눈을 딱 부릅뜨고 올려다 본 하늘 저편

모국의 분노는 격정의 불꽃을 피어올리고 있다

나를 잊지 않을 당신을 믿고서

나는 당신의 숨결과 어우러지며

맹세를 새롭게 눈물을 새롭게

내 혈맥을 당신만의 가슴에 바치리라 ——

밤의 중얼거림

놈들은 이미

우리를 구워삶았다고 생각하고 있다.

하지만 우리는

아직 속지 않고 있다.

놈들을 향한

우리의 반항은 이제부터다.

우리 모두

서로 짠 것처럼 입을 다물고 있으나

순종을 가장한 울분이

얼마나 집요한 것인지 놈들은 알지 못한다.

놈들이 알 수 있는 우리와

우리가 알 수 있는 놈들의 뱃속은

이미 증오를 넘어선 무언가를 느끼게 한다.

우리는 더 이상 바보가 아니다.

내민 손을

아무렇지도 않게 마주 잡을 정도로 영리해졌다.

이윽고 놈들이 오겠지.

흔해 빠진 조의를 표하러 오겠지.

눈물이 증오에 빛나 보이지 않게 하기 위해서는

몽롱한 밤중의 등불이 좋다.

자아, 모두 힘껏 웃는 얼굴로 놈들을 맞이하자.

내민 손을 잡아라.

하지만 물고 늘어지면 안 된다. 놓아서도 안 된다.

우리를 몰아세운 그 손이라 해도 ──

우리의 집을 불태운 그 손이라 해도

우리는 그저 은근히 예를 표하면 된다

고개를 숙이며, 말을 하면 된다!

"손을 다치지 않으셨나요?" 하고 말이지.

쓰르라미의 노래

푸른 나뭇잎 그늘
쓰르라미의 노래는
슬프고 슬픈 고향 노래라오,

나 살던 나라에는
초록이 없다오,
불타고 문드러져
검붉게 변한

버찌를 좋아하는
아이도 있을 텐데
쓰르라미가 머무는 푸른 잎을
네이팜탄이 다 태워버렸다오.

푸른 잎 그늘
쓰르라미의 노래는
멀고 먼 옛 노래라오,

\>

지금은 돌아가신 할아버지가
버들피리 불며 달래주던
눈꺼풀 깊숙한 곳
내 조국이라오,

푸른 잎 그늘
쓰르라미의 노래는
분노가 또 분노가 어린 노래라오.

유민애가流民哀歌
― 혹은 "학대당한 자들의 노래" ―

흡사 돼지우리 같은
오사카 한 구석에서 말이야
에헤요 하고
도라지의 한 구절을 부르면
눈물이 점점 차올라

어찌 잊을 수 있겠나
이 노래를 좋아했던 아빠가
폐품을 줍고 고물을 찾아다니며
탁배기 한 사발이라도 걸치면
아빠는 바로 도라지를 불렀지

울리지도 않는 폐품 수집통을
두드리며 노래했지, 두드리며 울었지
꼬맹이들이 지싯거려서
망연자실하며 고함을 쳤어
그야 참말로 마음이 쓸쓸했을 거야

>

도라지 도라지 하고 부를까
아리랑 아리랑 하고 부를까
탄광에서 죽은 아빠가 떠올라
감자처럼 타 죽은 엄마 생각에
에헤요 하고 노래를 불러볼까

오사카 한구석에서
추방되기 전의 가난한 내가
노래해 본다 고함을 쳐 본다
　아빠를 죽게 한 건 누구냐?
　엄마를 살해한 건 누구냐?

그 누구도 아닌, 바로 전쟁이다
이 전쟁의 한복판으로 우리를 보내겠다니
가난한 사람을 실업자를
평화를 외친 눈 뜬 사람을

40년 동안 써먹어서 낡아빠진 우리를

우울하고 가슴이 타들어가
이렇게 휘이잉 하고 불어온 가을바람이 몸에 스며들어
나라를 향한 마음도 깊어가
푸념을 외치고 싶어진다네
그런데 내 나라는 어디냐?

정말 아빠가 말했던 것처럼
아름다운 산일까? 아름다운 강일까?
정말 엄마가 말했던 것처럼
붉은 댕기를 한 아가씨들일까?
부푼 뺨을 한 아가씨들일까?

그 산은 있을까?
 그 강은 있을까?
붉은 댕기를 한 아가씨들이

부푼 뺨의 아가씨들이
있을까? 정말 있을까?

옛 이야기에 나오는 할아범도 죽었겠지
긴 곰방대 손잡이가 타고
담배통도 녹아버렸겠지
　누가 세워야만 하는 나라란 말인가?!
　누가 없애야만 하는 나라인가?!

가을 비 부슬부슬 내리는
　오사카 한구석에서
목청 높여 불러봐도 미쳐봐도
이상하게 기가 죽어서
무언가가 홱 하고 가슴으로 치밀어 올라와

누가 간단 말인가
　형제를 죽이러

누가 간단 말인가

　육탄이 되려

아빠 엄마의 유골을 찾을 때까지 비석을 세울 때까지

흡사 돼지우리 같은

　오사카 한구석에서

아리랑 아리랑 부르면, 부르면

목이 울컥 메어와

어디서 온 놈이 우리를 쫓아오나!

　　— 출입국관리령에 의한 강제송환에 항의해서 국제청년의 날에 낭독한 시

봄

봄은 장례의 계절입니다.
소생하는 꽃은 분명히
야산에 검게 피어 있겠죠.

해빙되는 골짜기는 어둡고
밑창의 시체도 까맣게 변해 있을 겁니다.
지난해와 같이 검은 죽음일 겁니다.

나는 한 송이 진달래를
가슴에 장식할 생각입니다.
포탄으로 움푹 팬 곳에서 핀 검은 꽃입니다.

더군다나,
태양 빛마저,
검으면 좋겠으나,

보랏빛 상처가

나을 것 같아서

가슴에 단 꽃마저 변색될 듯 합니다.

장례식의 꽃이 붉으면

슬픔은 분노로 불타겠지요,

나는 기원의 화환을 짤 생각입니다만…….

무심히 춤추듯 나는 나비도

상처로부터 피의 분말을 날라

암꽃술에 분노의 꿀을 모읍니다.

한없는 맥박의 행방을

더듬거려 찾을 때,

움트는 꽃은 하얗습니까?

조국의 대지는

끝없는 동포의 피를 두르고

지금, 동면 속에 있습니다.

이 땅에 붉은색 이외의 꽃은 바랄 수 없고
이 땅에 기원의 계절은 필요하지 않습니다.
봄은 불꽃처럼 타오르고 진달래가 숨 쉬고 있습니다.

녹슨 수저 하나

이 군은
　넝마장수를 하고 있다.
　꽤나 잡다한 것을 모아 놨다.

낡았기에
　요모양이 됐다는 식으로
'시간'의 집요함을 드러내고 있다.

굶주린 동포 한 명이
　이 땅에서는 신기한 수저를 캐왔다.
　녹슨, 모국제 수저 하나다.

모두 손을 내려놓고
　너무 신기해 넋을 잃고 보고 있다.
　그리고, 각자 알 수 없는 미소를 띠었다.

이 군은

필요 이상의 돈을 내고 그것을 샀다.

적상장積上場에 쳐 넣으려던 그가

수저를 일부러 책상 위에 다시 올려놓았을 정도로.

가만히, 이 군은 수저를 주시하며

어느새 익숙해진 이향 생활을 깨달았다.

너덜너덜하게 녹슨, 어두워져 사라져가는 고향을 ——

그래서 그는

윤을 내기로 결심했다.

값이 어찌되든 상관없다,

겨우 10엔 정도의 돈으로 부서지는

모국의 수저가 안타까웠던 것이다.

그렇지 친애하는 이 군!

있는 힘껏 윤을 내보시게

멀리 와 있는 우리가

모국을 음미하기 위해서라도, 잊지 않기 위해서라도,

정말 필요한 일이야!

역자주: 적상장은 미군이 사온 물품들이 쌓여 산처럼 된 곳을 뜻한다.

제1회 졸업생 여러분께

여러분, 건강히 졸업하시기 바랍니다
비, 바람이 몰아친 1년을 거쳐
저는 여러분을 마음으로 떠나보냅니다.

가난하기는 했으나,
정말로 즐거운 1년이었지요
이 학교 구석구석
운동장 조약돌 조각 하나까지도
여러분의 정이 깃들지 않은 것은
없습니다.
곧잘 구멍이 생기는 허물어진 벽을
데모 그림으로 둘러치고서,
　민족 청년 사수하라! 하고 외치던
패기 넘치던 여러분이었습니다,

여기저기서 가져온 와들거리는 책상과
심하게 덜컹대는 의자에서

1년 동안

여러분은 생활했습니다.

누구를 위한 가난한 학교인지

여러분 자신은 잘 알고 있습니다

없는 돈을 겨우 모아서 갔던

수학여행에서 느꼈던 어쩐지 쓸쓸했던 추억도

누가 흘린 눈물인지를

여러분은 잘 알고 있습니다.

조선 소학교라서

요시다吉田 정부가 몹시 싫어하는

조선인만의 소학교라서

교육비 땡전 한 푼 받지 못하고

추운 겨울날도, 무더운 여름날도,

벽이 다 무너져가는 교실에서

여러분은, 조국의 말을 서로 배웠습니다.

하지만, 여러분은 아름답고,

한없이 아름답고, 건강합니다.

그것은 마침 싹이 트는 봄날의

보리 새싹처럼

밟힐수록 더 강합니다.

설령 우리가 가난해도,

설령 학교가 낡았어도,

여러분의 숨결은 언제나 새로웠습니다,

참새의 지저귐처럼

아무런 막힘도 없이 노래를

언제고 있는 힘껏 불렀습니다.

학교 안뜰 높이

공화국의 깃발이 펄럭일 때,

여러분은 언제나 만세! 만세! 하고

작약합니다

그리고 누가 먼저랄 것도 없이

인민항쟁가를 부르기 시작합니다,

그것만으로도, 여러분은

훌륭한 공화국의 소년이 된 것입니다

탄압에 항거할 줄 알고,

괴로움에 견딜힘을 지닌 여러분은

이 깃발처럼 싱싱하게

저 깃발처럼 씩씩하게

오늘, 가슴을 펴고 졸업합니다.

저는 어떤 말을

여러분에게 전하는 전별로 했던 것일까요?

피와 살을 나눈 형제들끼리,

선생님과 학생 사이만으로는

정말로 시시합니다.

보다 친근한 말,

우리의 혈관 속에, 살아 있는 언어,

조선민주주의인민공화국의 소년과,

조선민주주의인민공화국 국민이며
선생님으로 인사를 하고 싶습니다.

그럼 여러분 모두 건강히!
언제고 노래를 잊지 않는 소년이기를,
나카니시조선소학교中西朝鮮小學校 제1회 졸업생의
영예를 지니고 살아가기 바랍니다.
여러분은 오사카에서 이뤄진 민족교육의
맨 앞에 서서 나아가고 있습니다.
우리도 맹세코, 올해 겨울부터는
따뜻한 교실에서 공부할 수 있도록
남아 있는 형제자매들에게 약속합시다,
교육비 획득에 전력을 다할 것을
오늘의 전별에서 약속합시다!

역자 주 1: 인민항쟁가는 1946년 김순남이 작곡하고 임화가 작사한 노래이다.

역자 주 2: 나카니시조선소학교는 1952년 재건됐다. 김시종은 이 학교를 재건하는 임무를 맡고 있었다.

한낮

최소한의 위안으로
매립지에 파묻힌 오물을
주울 수 있을 만큼 주운
문자 그대로 쓰레기다

버려진 고양이 시체 옆을
정성 들여
여자가 여전히 찾아다니고 있다——

토사는 산더미처럼 쌓이고
사념이 휘감긴 더위 속에서
무겁고 커다란 여자의 배가
귀찮다는 듯이 치마를 끌다가 방향을 바꿨다

세밑

뭐라고,
정월이라 해서 날이 몇 배 긴 것도 아닐 테고
어제가 오늘이
될 뿐인 이야기잖아……

　나직이 말한 동포의
　프레스에 먹혔다고 하는
　엄지손가락 흔적이
　목탄 불에 비춰져
　내게 검게 육박해 왔다

넘어설 수 없는 세밑의
끝없는 한밤 속에서
들여다본 시계가
겨우 10시를
지나고 있다.

식탁 위

정월의 고통이

식탁 위에서 처형당하고 있다.

줄기를 구저분히 먹어서

머리만 남은 콩나물과

줄기미역이 붙은

세 조각 정도의 김치

끝이 무지러진 아버지의 젓가락에 헤집어져

척 하고 반으로 찢어졌다.

한바탕 소란이 지난 후

께느른한 심심함에

김 씨가 함부로

콩나물 머리를 접시 채로 입에 쳐 넣고 있다.

그토록 대담한 나도

식초에 절인 듯한 탁배기에는 손이 가지 않아

삼키지도 마시지도 않고

단숨에 들이켜며 "좋다" 하고 외친다.

식탁 위 아직 마르지 않은

김 씨와 박 씨의 술

넘어 온 세월의 시큼함을 칭찬하며

두 개의 색으로 나뉘어져 고요하다.

굶주린 날의 기록

동트기 전까지
빈대에게 괴롭힘을 당하다
아침이 오자
바닥난 뒤주에 벌벌 떨며
낮잠을 자고
배고픔에 내몰려
책을 펼치고
텅 빈 활자에 비웃음을 당하며
연필을 주워
힘껏 낙서를 한다
얼간이. 바보. 젠장. 등신.
죽어! 뒈져!
살아! 참아! 견뎌! 힘내!

둘 다 진심인데도
놀라서…….

자신의 조국이 어찌 돼도

시간이 되면 배가 고프고

배가 꺼지거나 어쨌거나

아들놈은 아무렇게나 서서

삐딱하게 넋을 잃고 보는 고신문의

이런, 놀라지 마시라.

스트립쇼 광고 사진!

　굶주린 욕정

　실업과 쇠약

　쇠약과 욕정

굶주림과 실업

성정과 굶주림과 허영과 자신과……

멍하니 마음속에 낙서를 해서

모든 사물에, 자신은 두 개라는 깨달음을 얻고서

화난 틈을 타

빈대를 죽이고

고맙지도 않은 태양은

그런데도 냄새 나는 방을 푹푹 썩게 하고······.

재일조선인

오늘도 체포된 조선인.

암시장 담배를 만드는 조선인.

어제도 압류 당한 조선인.

탁배기를 제조하는 조선인.

오늘도 깎고 있는 조선인.

고철을 줍는 조선인.

지금도 찌부러진 조선인.

개골창을 찾아다니는 조선인.

어제도 오늘도 조선인.

폐지를 줍는 조선인.

밀치고 우기는 조선인.

리어카가 손상된 조선인.

조국을 망치는 전쟁에

고철을 주우며 거드는

마음으로 울며불며 거들지.

폐지를 주워 업신여김을 당하고

쌀을 옮기며 미움을 받는다.

자유를 외쳐도 금령이고
평화를 사랑해도 송환됐다.
국어를 모르는 조선의 아이
언어는 오직 일본어로
아버지를 부를 때도 "오또상"
조국도 알지 못하고 역사도 모르지만
일본 천황은 아주 잘 알지요.

일 할 곳 없는 조선인.
아무도 써주지 않는 조선인.
아이를 잘도 낳는 조선인.
무엇보다 잘 먹는 조선인.
뭘 해서 먹고 사나? 조선인.
도둑질해서 먹어라 조선인.
도둑질이 싫어서 암시장 장사
암시장이 무서워서 넝마 줍기
넝마를 줍는 조선인.

진흙범벅인 조선인.

조선인 부자는

꼭 똑같은 입갑판.

뭐든 삽니다. "넝마장수"

　동족끼리

　지닌 것을 몽땅 팔아도 충분치 않다.

가을 노래

1

저는 가을이 제일 좋습니다.
가을에는 색칠한 추억이
아주 많아서입니다.

내 눈동자 깊숙이 각인된
조국의 색은 주황색입니다.
고춧가루 붉게 마른 초가지붕
샛말간 하늘 아래 포플러도 물이 들고
감나무 열매는 낮게 낮게
처마 밑에 색을 꾸밉니다.
그것은 꼭
해질녘 꼭두서니 빛과 닮은
내 동심을 먼 귀로로 흔듭니다.

○

내 귀로는 낙엽 길입니다.
슬픈 나날이 단단히 겹쳐진
다갈색 추억 길입니다.

멀리 낮게 전해 오는 종소리는
사라진 날들의 만종晩鐘입니다.
아버지를 향한 진혼가를 연주하며
어머니를 향한 조사를 부르고
구슬피 구슬피
9월 1일*1의 애가를 연주합니다.
15엔 50전*2으로 빼앗긴 생명
가을 낙엽 한 잎보다도 쉽게 떨어진 생명
제 부모님을 향한 끝나지 않을 애가입니다.

○

제가 철이 든 후부터
가을 추억은

잿빛 9월의 노래로부터 시작됩니다.

가을 시작부터 어거지로 떨어진 잎
허다한 슬픔과 증오를 섞어
오늘도 마음 깊이 흩날리고 있습니다.
그 푸른 잎은 영원히 바래지 않는 색
쓴 수액을 마음속에 채우고
9월 새롭게 마음을 먹습니다.

피와 땀과 눈물의 축적
9월 8일[*3]의 그 분노를
우리는 잊을 수 없을 겁니다.

○

조국을 떠난 자가
몇 해 동안 꿈꾼 하나의 미혹이
무참하게도 파괴된 가을 하루였습니다.

>

억압의 광폭은 오늘 더욱 휘몰아쳐
바람이 불 때마다 우리의 분노를 흩뿌립니다.
차가움이 몸에 스미면 스밀수록
집을 향한 향수는 칼날처럼 닦여 윤이 나고
빼앗긴 자의 분노는
숨통을 자르는 꿈마저 꿉니다.

가을에 소생하는 것은 우리의 의욕이겠죠.
가을바람은 우리에게 집을 희구하게 하며
조련 재산의 반환을 촉구합니다.

2

가을! 그것은 넋의 계절입니다.
대기는 목소리에 넘치고

겨울을 맞는 자의 모습은 매우 엄숙합니다.

황금의 결실은 논을 채우고
포도송이 자홍색으로 드리워져 있어도
사람의 마음은 언제고 쓸쓸하며 무언가를 계속 희구합
니다.

길 한가득 낙엽이 흩날릴 때
사람들은 나무를 우러러보고
바삐 옷깃을 여미며 지나갑니다.

귀로가 있는 사람도 없는 사람도
모두가 후다닥 후다닥
어딘가로 다다르지 않으면 안 될 것처럼 움직입니다.

○

10월의 노래는 우리의 목가

아련한 풀피리와 닮은 향수의 노래입니다.
낯선 조국을 향한 사모의 노래입니다.

가을이 올 때마다
도토리팽이 이야기를 떠올립니다.
가난한 내 아끼는 완구
빙글 돌리면 꿈도 돕니다.
곶감을 달고 박을 갈라
뜰 울타리에 매다는 꿈입니다.

아버지도 어머니도 할 말을 다 하고 죽었지
박으로 뜬 물을 마신 적 없는
10월의 노래는 부아가 치미는 노래입니다.

○

그래도 저는 가을이 좋습니다.
세상 모든 것이 고개를 늘어뜨리고 기원에 빠지고

저는 거짓을 말하지 못합니다.

추석의 밤은 소박한 기원
달맞이 풍습도 반가우며
노인도 젊은이도 작은 꿈을 빕니다.
3천 만의 비원은 달을 부풀게 해
푸른 눈의 야수를 향한 저주는
뭐라 말할 수 없이 푸른 불을 올립니다.

10월은 맹세의 달
시절은 얇은 옷을 주저케 하고
분노가 스며든 헌옷을 행장에서 꺼내게 합니다.

○

당신은 이것을 입으세요.
저는 이것을 입겠습니다.
씻어도 씻기지 않는 눈물이 스며든 옷입니다.

\>

유랑의 백성이 끝도 없이 흘린 땀

할아버지의 옷은 잘 보관해 둡시다.

아버지의 옷은 탄광 옷입니다.

털어도 하루 내내 먼지가 날 겁니다.

우리는 이것을 입어야 합니다.

어제의 스크럼으로 흘린 땀이 젖은 옷입니다.

민족 교육 사수를 절규하며 외친 10월 19일[*4]

짝을 진 우리의 팔을 떼어내고

빌려서 준 흙 묻은 구두로 짓밟은 학원의 옷입니다.

○

자아 입읍시다.

끓어오르는 분노를 안고서

우리는 무장을 해야 합니다.

흩뜨러진 나무가
마르리란 법은 없습니다.
대지에 발을 착 내딛고
미동조차 하지 않는 벌거숭이 나무
부글부글 끓는 핏줄기를 숨기고
가을 목소리에 내 몸을 쳐서 울리고 있습니다.

어제에 떨며 핏줄기를 불태우지 못하는 것
추억에 눈물짓는 가냘픈 것은
오늘의 초겨울 찬바람에 썩어 문드러지는 것입니다.

3

가을은 저를 상기시켰습니다.
그 목소리는 저를 북돋우며
자유의 노래를 입에 올리게 합니다.

＞

먼 바다 저편

조국의 승리는 나날이 강해지고

우리를 향한 공격은 나날이 세집니다.

우리는 시들어 가는 입목立木이 아닙니다.

의지하는 마음을 지닌 나무입니다.

분만憤懣을 참고 광풍에 서 있는 나무입니다.

아무리 뼛속까지 서리가 내려도

수액은 얼지 않는 우리의 핏줄기

내일을 믿기에 고난의 나날을 견디고 있습니다.

○

들어보세요.

폭풍 속에서 가지를 흔드는 윙윙 소리는

우리의 절규입니다.

학대당한 백성이 언제까지고
난폭한 세계를 못 본 체할 수는 없습니다.
대구사건은 그것을 입증하며
10월 1일*5의 우렁찬 외침은
역사의 진전과 함께
파문의 테두리를 넓혀가고 있습니다.

가을의 조락은
다음에 오는 자를 향한 호소
오늘을 나타내는 내일에의 이정표입니다.

○

후퇴하지 않는 역사의 커다란 걸음을 떼는 날
잿빛 9월의 노래 중에서도
진홍으로 불타오른 하루가 있습니다.

그것은 우리가 돌아가야 할 집

할아버지 대부터 너무나도 기다리던 집

새빨간 새벽녘에 불타올라

이향에 있는 우리게도 아름답게 비추는 날입니다.

자유는 9·9*6 위에 영광을 품고

민족은 이날을 위해 죽고 또 살았습니다.

역사는 앞으로 나아가는 것

10월의 노래는 중국 창건의 합창에 동조해

평화를 지키는 노래로 역사의 톱니바퀴는 굴러갑니다.

○

떠나갈 듯한 가을 노랫소리에

허위의 껍질은 벗겨집니다.

가을비에 백귀百鬼의 민낯이 드러나기 시작합니다.

미국제 라이플총과 카빈총과

권총과 군화로서만

정치를 행하는 노인네들
어찌하여 세상의 진실을
감출 수 있단 말입니까.
세균전이 그러하며 여수사건이 그렇습니다.

동족을 죽이라고 부여된 총검
10월 19일*7 그 역습은
이승만 말로의 상징입니다.

4

젊고 씩씩한 젊은이의 피는
11월 3일*8에 흘러 들어가
20여 년 후의 가을바람으로 울리고 있습니다.

여러분이 여러분 나라의

언어와 역사를 배우듯이
우리도 우리의 말과 역사를 배웁니다.
타 민족의 문화를 보장하시오.
우리로부터 걷는 혈세로
우리의 교육비를 지불하시오.

굴복을 알지 못하기에 매장당한
우리의 형과 누이가
지옥의 돌방으로부터 보낸 성원입니다.

○

11월은 서리가 내리는 달
가을 햇살 약하고
벌레 울음도 이미 사라졌습니다.

야심한 밤에 귀를 쫑긋 세우고 있는
감옥 안의 친애하는 형제들

먼 해명海鳴처럼 그 소리는
먼 저편 승리의 노랫소리
예속을 모르는 인민들이
러시아 대지를 뒤흔든 노랫소리입니다.

몸은 구속돼 감옥에서 신음하지만
아아 저 노랫소리가 계속되는 한
내 마음은 조국 땅 위에 있습니다.

○

내 고향은 검붉게 탄 전화戰火를 입은 마을
은은한 포성은 내 뇌리에 메아리치고
자칫하면 내 꿈을 위협합니다.

하지만 내 노래는 마음의 고향
영원히 변하지 않는 내 목가입니다.
고향의 꿈은 감나무 가지가 휠 정도로 열린 가을

옥토에 고구마가 뒹구는 수확의 계절입니다.

오늘 조국이 어떻든지

내 가을에 지장은 없습니다.

눈을 감으면 박 열매가 흐드러지고

가을 풀 먹는 송아지 울음소리는

이 꿈을 끝낼 수 없는 날을 부르고 있습니다.

*1_ 9월 1일. 관동대진재 동포학살 기념일.

*2_ 15엔 50전. 관동대진재 당시 15엔 50전을 일본어로 말하는 강요를 받고 만족스러운 발음을 하지 못한 사람은 불령선인이라고 해서 그 자리에서 살해됐다.

*3_ 9월 8일. 재일조선인연맹이 해산된 날.

*4_ 10월 19일. 조선인학교에 대한 폐쇄령이 내려진 날.

*5_ 10월 1일. 9월 24일 철도노동자 스트라이크가 시작된 대구 사건을 말한다. 연설중인 여공을 경관이 사살하자 분격한 대중이 마침내 이날 도청 경찰서를 습격했다.

*6_ 9·9. 조선민주주의인민공화국 창건기념일.

*7_ 10월 19일. 제주도 진압파견군이 출발 즈음에 반기를 펄럭이며 이승만 정권에 항거해 순천에 이르는 여수 일대를 점거했다.

*8_ 11월 3일. 광주학생사건 기념일.

역자주: 조련은 재일조선인연맹(在日本朝鮮人連盟)을 말한다. 1945년 10월에 결성돼 1949년에 해산된 일본 재주 조선인이 조직한 단체다.

거리距離는 고통을 먹고 있다

6월 밤, 목욕한 후 기분으로 여자와 만난다.
여자란 참 좋다. 그래서 여자는
남자의 애인이라도 된 양 굴고 있다.

함께 걷는다. 어두운 곳을 골라서 걷는다.
멀리 밤의 혼잡함이
기묘한 음악과 함께 흐르고 있다.

운하로 나간다. 시궁창조차도
밤의 은혜를 받아 별을 받들고 있다.
쏘아 올린 불꽃이 어쩐지 축제와도 같은 기분에 젖게
한다.

나는 여름 축제를 떠올리며 날짜를 묻는다.
다른 생각에 푹 빠진 여자는 조심성 없이도
진짜 날짜를 알려준다. 나는 움찔했다.

"20일이라고! 참 빠르군. 벌써 6 · 25*라니!"

여자의 온기를 피부로 느끼면서

떨어져 있는 사람의 고통은 이 정도에 불과하다.

하지만 미칠 것 같은 1년을 거쳐

오 조국이여, 조선이여……

지형 그대로의 온순함으로 지금도 또한 밤하늘의 끝에

가로놓여 있다.

"하지만 어리석은 나는 여기에 있다.

　생명을 보증 받아 여기에 있다.

　여자에 바싹 달라붙어 여기에 있다."

혐오의 포로가 된 나는 여자의 손을 잡는다.

뭘 생각했는지 손을 마주 잡는다.

밀려 나가야 할 손이 아니나 다를까 그녀의 손에 꽉 쥐

어져 으스러진다.

>

세상이란 모름지기 이런 것이다. 하고 마주 잡는다.

소름이 끼칠 정도의 불쾌함을 담아서 하천은 흐른다.

밤하늘을 따라 폭격기가 날아가고 있다.

내 바로 위 일직선으로 조선을 향해 날아가고 있다.

*6·25. 조선전쟁 발발 기념일.

역자 주: 지형 그대로의 온순함이란 한반도의 지형이 토끼를 닮아서
나온 표현이다.

여름의 광시

거리 위.
　태양이 쨍쨍 직사로 내리쬐는 오후.
　먼지를 덜 나게 하는 살수차는
　당치도 않은 곳을 돌고 있다.

　울화통.
　거무칙칙한 포도주에 취해서
　실룩실룩 벌룩벌룩
　벌어진 벙어리의 뺨이 춤을 춘다.
　"깨우지 마
　　　이러고 있는 게 편하오
　지혜로운 사람이여
　　　나를 깨우지 마오
　실룩실룩 벌룩벌룩
　　　이러고 있는 게 편하오"
　　……하지만 그는 깨어난다.
　죽음 — 그에게는 인연이 먼 하늘의 혜택.

>

꿀럭 꿀럭,

　뿜어져 나온 핏덩어리가 숨 쉬고 있다.

　누구도 그 위를 넘으려 하지 않는다.

　아주 쉽게 설치된, 대낮의 완충지대

　38선 위의 피는 너무나도 깨끗하다!

바싹 마른 적토

　　조선의 여름은 무덥다.

흘러내려가는 피여,

대륙성 기후 여름에 당하지 말아라.

부글부글 거품이 일어

마르기 전 유자遺子의 구더기를 끓여라!

추악한 증오를 넘어선다.

뛰어드는 놈에게 눈, 코를 쥐게 하라.

　세상의 정복자는 여름이다.

두개골 속의 뇌가 삶아진다.

언젠가 피를 토할 것이다.

내쫓긴 누더기의 인간상.

일사병 ─ 아 정말 무섭다!

가로수를 없앤 것은 누구냐?

네이팜탄이 조선문화를 갱신해 준다.

이번에 세울 때는

백악의 빌딩이라도 세우겠지.

변두리.

　질주하는 자동차.

　제한 속도를 10킬로로 한다 해도

　먼지는 난다.

　먼지를 덜 날리게 하는 살수차는

　당치도 않은 곳을 돌고 있다.

달리아, 피보다도 붉은 달리아,

분만憤懣을 견뎌

한여름 태양에 피어나는 달리아,

그 꽃을 조국의 땅에서 키우자!

　(만져서는 안 된다. 피가 나오니까……

　그건 살아 있습니다!)

1951년 6월 25일 만찬회

자아, 지금부터 먹고 마시자!
배 터지게 먹고 마시고 또 마시자!
살아 있는 증거로 먹을 수 있을 만큼 먹어보자.
제물 따위, 이제 케케묵었잖아!
결국 죽은 놈이 불운할 따름이지.

하루 다섯 홉을 바라며 뚜껑을 딴 날이다.
팽팽한 허리띠를 자르고
자아 부어라 마셔라! 조국에서 굶고 있는 사람들 몫까
지 가득 쳐 넣어라!
배가 터져 죽으면 신불의 보살핌이지
저세상에서 동포라도 만나 자랑을 해라.

자 왔다 25일이다
용케도 살아남은 일 년이다
우리의 목숨을 만류한 놈은
불도 아니고. 주의도 아니지.

굶고, 굶고, 굶고, 굶고,
외경畏敬을 마시며 살아남았다.

굶주린 손톱이 목구멍을 할퀸다
외치고 싶은 목구멍이 구멍투성이가 됐다.
히익, 히익, 히익, 히익
비명인지 기성奇聲인지 분간이 가지 않는다
제 멋대로 신음하라고 해라. 살아 있는 자는 우선 먹고
보는 거다.

그걸 먹어라 '복종'을
　그걸 마셔라! '자유'다
아무리 생각해 봐도
　그 녀석만은 베어 먹을 수 없다.
자아 맞부딪쳐라! '불복종' 덩어리.

작자는 누구인가?

벽의 뒤는 피투성이가 됐다고 하는데

먹고 마시는 야단법석.

적어라! 때 1951년 6월 25일.

증오와 사랑에 둘러싸인 만찬회!

거제도

— 형제끼리 상처를 입히는 것도 슬픈데,
　아무런 연고도 없는 사람에게 살해당하다니
　도저히 참을 수 없는 분노가 치밀어 오른다 —

1

저건 우리
조국의 일부가 아닙니다.

조국 안의 극지極地
대머리수리마저 떼를 짓는다 하는
암흑의 섬입니다.

종으로 해서 섬에
철책이 쳐있고

"출입금지" 팻말은

섬사람들을

출구 없는 미로로 몰아넣었습니다.

남조선 전토가

그런 것처럼

거리는

검은 건물로 인해

형상이 만들어지고

몇 겹으로 차단된

뜰이 있고, 방이 있으며

개인으로 나뉘어

사람들 좀이 쑤시는

검고 검은 도살장이 있습니다.

2

보시오,
새싹이 돋아나는 봄이 아직 여물지 않고

무수한 발이 풀뿌리로 흩어져 뻗어 있고
팔다리가 잘려나간 몸뚱이가
여기저기 거대한 벌레처럼 기어 다니는 모습을

조국을 희구하며
들어 올린 그 손은

지금 이 울타리 위에 있습니다.
죽을래야 차마 죽을 수 없는 채로
붙잡을 곳 없는 조국을 뒤적이며 늘어져 있습니다.

미제 라이플총을

격자 너머로 들이대고

그것을 철조망 너머로
어머니가 보고, 아내가 보고,
젖내 나는 아이들이 보고 있습니다.

익숙한 향토가
290센티 군화에 짓밟힐 때

코가 높은 인간들을 말입니다,
거적눈의
색맹인 그를 말입니다.

3

감옥이 있는 곳에

동포가 있으며,

동포가 있는 이상
반드시 우렁찬 외침이 있고
살아 있는 조국이 있습니다.

철책 저편
목소리는 들리지 않지만

아니요 아니요,
저건 우리의
조국 일부임이 틀림없습니다.

오늘 섬에 비가 내려
시체에 흘러 들어가고, 감방으로 흘러 들어가고

멀리 희미한 바다로 흘러 들어가,

이처럼 많은 생명이
모든 변경에 보복의 노래를 쏟아냅니다.

섬의 피가
그칠 날이 있을까요

지하에 스며들어 원천이 될 때,
굶주린 동포의 목을 적실 때,
죽은 자는 사는 겁니다, 민족이 사는 겁니다.

정전보停戰譜 1
강

여름 풀 수풀 사이를
강이 조용히 흐르고 있다
포탄으로 움푹 팬 곳에 웅덩이가 생겨
소금쟁이 두 마리가
무심코 오후를 탐하고 있다

여기 이름 없는 조선의 산촌
사람도 소도 새도 없는 마을에,
사랑을 속삭이며 흘러든 강이여,
그대가 품고 있는 저 청공 아래에서
사람들은 지금 집을 향해 길을 서두르고 있다
어딘가의 산길을 넘어 황야를 지나
강을 따라 그리운 귀로를 더듬고 있다

마침내 사람들은 돌아오겠지
말 울음소리와 함께
소는 밭에 내려서겠지

풀은 뽑히고 집이 세워지고
뜰에 핀 꽃에도 새가 울겠지

오늘
찌는 듯한 이 적막 속에서
살아남은 매미가 소리를 내지르고 있다

가지가 꺾인 무참한 줄기를
들판의 바람이 어루만지고 있다
강은 조용히
썩은 물레방아에 내일의 나날을 고하고 있다

정전보停戰譜 2
밤

동포여

불을 붙이자

현수막이 필요 없는

생각 그대로의 불을 밝히자

거리낄 것 없이

두려워 할 것 없이

가엾은 향토에

불을 장식하자

지금이야말로 불이

필요한 때다

동트기 전의 준비를

어둠 속에서 착오가 생겨서는 안 된다

불을 밝혀라

불을 밝혀라

비오는 폭탄의 나날

지하에서 호흡해 온 불이다

어떤 야욕도

우리의 불을 끌 수 없을 것이다

봐라! 북쪽은 회신灰燼으로 변한 신의주로부터

남쪽은 금강산악의 골짜기에서도

번쩍번쩍 불타는

그리운 불을!

아아 향토의 불!

그 불의 그늘에서야말로

내일의 언약은 숨어있다

그 불의 그늘에서야말로

오늘의 즐거운 기쁨을 켜자

하지만 마음으로 불을 켜라

그 응달의 번쩍임에야말로

보복의 눈물이 번지는

조선의 밤이다!

당신은 이제 나를 지시할 수 없다

난 당신의 집요한 애무로부터
벗어나기를 원하고 있다.
10년인가 예전부터
난 분명히 현재를 살아가고 있음이 확실하며
적어도 어른이 됐음이 틀림없다,
그런데 당신의 그러한 터무니없는 포용력은
바다도 산도 한 아름으로 안고
나를 거꾸로 안으며 놓아주지 않는다.

눈에 비친 모든 것이 이상하며
작은 돌 한 개에조차
내 정수리는 바로 뾰족해져 버린다.
어떠한 것도 믿을 수 없는 채로
나는 결국 불균형하게 자랐다.

이 손은 아직 사람의 온기를 알지 못하며
얼굴은 여전히 경직된 채로

눈은 경의를 위해 존재하는 것 같다,

이대로라면 나는 아직 누군가를 죽여야만 할 것이다

나는 너무나도 당신의 사랑에 중독돼 있다.

나는 진정 당신을 떠나고 싶다.

이 땅을 천천히, 양발로 힘껏 밟고서

산 너머 물을 마시러 가보고 싶다.

그리고 우러러 보기만 했던 하늘의 깊이를

콸콸 넘쳐 나오는 샘물 밑에서 내 자신을 헤아려 보고

싶다,

소나무 바람은 앉아서 들릴 것이며

똑같이 고갯길을 넘어 오는 사람에게는

내 불신도 따질 수 있을 것이다.

그렇게 간주해 생각해 보자

필요 없어진 애무의 뒤처리를 생각하자.

애무의 보답은 애무여야만 한다.

나는 내가 가진 모든 것으로부터

당신의 선물에 답례하고자 한다,

그리고 그저 당신은 역사의 위에서만 머물렀으면 한다.

당신은 이미 나를 지시할 수 없다.

우리 마음의 왕래에 감찰을 할 수 없다.

우리의 언약은 이미 당신을 필요로 하지 않을 테니

당신은 그저 내 시고詩稿에서만 숨 쉬면 된다.

아버지와 자식을 갈라놓고

엄마와 나를 가른

나와 나를 가른

'38선'이여,

당신을 그저 종이 위의 선으로 되돌려주려 한다.

후기

　여러분 덕분으로 제 첫 시집을 낼 수 있었습니다. 마음으로부터 감사하는 마음을 올립니다.

　시집이라 해도 보시는 것처럼 이런저런 시를 그저 긁어모은 것으로 대부분은 이미 어떤 형태로든 발표했던 것들입니다. 그걸 새삼스레 시집으로 다시 엮는 의의를 제 자신도 인정할 수 없습니다. 억지로 말하자면 제 긴 창작 도정에 세운 이정표라고 해야 할까요. — 여러분의 따뜻한 성원을 받아서 — 이제 간신히 작은 언덕 꼭대기 하나를 막 넘은 참입니다.

　조선민족이 가장 괴로웠을 시기, 조국 해방전쟁을 계기로 해서 제 시정詩情도 정상 궤도에 간신히 자리를 잡았습니다. 그것은 특별히 작품이 완성됐다는 의미가 아니라 제 시안詩眼이 조국과 함께 살아가기를 바라며, 그것을 넘어 처참한 전화戰禍를 두 번 다시 이 땅 위 어디에서도 일으켜서는 안 된다는 외침을 마음에 가질 수 있게 되었음을 말합니다. 그 절실함을 저는 얼마큼 노래할 수 있었던 것일까요. 여러분의 기탄없는 비판을 기다립니다.

저는 전부터 시집에 대해 어떠한 포부를 지녀왔습니다. 예를 들어 허남기 씨의 시집『조선 겨울 이야기朝鮮冬物語』처럼 하나의 주체(주제)에 연속한 작품집, 일관된 테마를 가진 시집은 참기 힘들 만큼 큰 매력을 지니고 있습니다. 저도 열심히 노력해서 언젠가는 정리된 시를 쓰고 싶다고 생각하지만, 조선인이 조선어를 애용하지 않고 오로지 일본어에 기대는 것은 많은 문제를 안고 있는 듯합니다. 그저 일조친선日朝親善이라는 견지에서 일본어 작품을 쓰고 있다기보다 일본어가 아니면 제대로 표현할 수 없는 기형적인 조선청년이 일본에는 너무나 많습니다. 요컨대 저도 그중 한 명임을 이번에 솔직히 인정하고 일본에서 이뤄지는 민족교육 본연의 자세와 함께 이를 앞으로의 과제로 삼고자 합니다.

언제나 폐만 끼치고 있는 오노 선생님께 또 서문을 써 주십사 졸랐습니다. 다망한 선생님인지라 꽤나 성가신 일이었다고 생각합니다. 제 사정만으로 인도로 가기 직전이었던 전화강全和光 선생님에게도 꽤나 무리한 부탁을 드렸습니다. 감사한 마음 금할 길 없습니다. 또한 이 시집을 위해 인쇄부터 교정에 이르기까지 진력을 다해 준 시우詩友, 이노우에 도시오井上俊夫 씨, 구사쓰 노부오草津信男 씨에게 형제와도 같은 마음으로 악수를 보내는 동시에 이 시집이 적어도 일본의 친구들의 원조를 받고서 빛을 보게 됐음을 저는 가장 큰 기쁨으로 생각합니다.

끝으로 재일조선문학회가 보내주신 따뜻한 배려와 함께, 동고동락하고 있는 진달래 동인들과, 항상 저를 지탱해 준 김화천金和千 선생님을 시작으로 강공휴姜公休, 김규섭金圭燮 두 형에게 감사의 마음을 보냅니다. 더구나 수록된 작품은 1950년부터 올해 9월까지 47편으로 구성됐지만 발표된 당시의 기준에 따라 거의 손을 대지 않고 상재했습니다. 작품 중에 등장하는 〈인민항쟁가〉는 당연히 임화와 함께 말살된 노래임은 물론입니다. 다만 제가 가르치고 있는 학생에 대한 양심이 다른 노래로 그것을 바꾸지 못하게 했기에 굳이 여러분의 준열한 비판에 기대려 합니다. 덧붙여 표제는 희망과 망향의 마음을 담을 요량으로 『지평선』으로 정했음을 말씀드립니다.

1955년 10월
태풍26호 시보時報를 알리는 비 내리는 날에
이쿠노生野K진료소에서
저자 씀

나와 일본어

저는 일본에서 살고 있는 이른바 재일 정주자이기에 작품 창작도 일본어로 하고 있습니다. 하지만 일본에 살 수밖에 없었던 제 내력을 돌이켜 볼 때 창작 언어인 일본말은 제 존재성을 그대로 비추는 증거이기도 합니다. 8·15 해방에 의해 일본어와 절연됐을 터인 제가, 그 일본어에 다시 매달려서 살아갈 수밖에 없었던 내력이야말로 바로 제 자신이 지녀온 재일在日의 실존이기도 합니다.

우리는 올해 여름 8월, 일흔두 번째 해방기념일을 막 지낸 참입니다. 이렇게도 긴 세월이 지났지만 무엇으로부터 해방된 것인지 저는 지금도 때때로 자신에게 되물어 봅니다. 기대한 바도 없는 날벼락과도 같은 '해방'과 조우하면서 감성의 샘이며, 소중히 여겨온 일본어로부터 갑자기 격절隔絶됐던 것입니다. 때문에 한때 언어 상실에 빠져 헐레벌떡 제나라 말인 조선어를 움켜쥐기는 했습니다만, 여전히 조선어가 지닌 언어의 기묘한 울림에 이러쿵저러쿵 간섭하고 있는 것은 제 소년 시절을 형성한 식민지 종주국의 언어인 바로 그 일본어입니다.

새삼스레 말할 것도 없지만 언어는 그 사람의 의식이기도 합니다. 사물을 생각하며 판단하고 분석해 다시 종합하는 것도 언어가 있기에 되는 일입니다. 제 의식의 밑바탕에는 인연이 뒤얽힌 특정한 언어인 일본어가 전면에 깔려 있습니다. 확실히 저는 식민지 통치라는 멍에로부터 72년 전에 해방되기는 했습니다. 그것이야말로 명백한 역사적 사실입니다. 하지만 자기의식의 밑바탕을 형성하고 있는 일본어에까지 결별을 고하지는 못했습니다. 그렇기는커녕 살아가기 위한 방도로 일본어를 쓰면서 옛 종주국인 일본에서 살고 있습니다. 그 일본어는 응당 검증돼야만 하는 제 존재 증명의 눈금이기도 합니다.

제가 일본에서 살아온 재일의 삶은 유려하고 정교한 일본어에 등을 돌리는 것으로부터 시작됐습니다. 정감이 과다한 일본어로부터 빠져나오는 것은 저를 키운 일본어에 대한 저의 의식적 보복입니다. 저는 빡빡한 일본어로 70년 가까이 시를 쓰며 살아왔습니다. 일본 시단의 권외에서 살아온 제가 그 동안 시를 어떻게 생각해 왔으며 자신의 시를 어떻게 살아왔는지를, 오늘의 '기조 보고'로 삼아 말씀드리겠습니다.

왜 '현대시'인가

우선 이야기의 실마리로 일본의 근현대시를 제 나름대로 요약해보겠습니다. 당연한 이야기지만 오늘날의 시를 '현대시'라 칭하고 있습니다. 오늘날이라고 말씀드려도 전후(태평양전쟁 이후) 70년이라는 세월이 흘러갔습니다. 그럼에도 여전히 '현대시'라고 말하고 있으니 아주 오랜 옛 세월을 품고 있는 장르가 바로 현대시입니다. 요컨대 일본이 15년전쟁을 저지른 후, 결국에는 미국과 전쟁을 해서 패배한 전후로부터 시는 계속 '현대시'라 불려오고 있습니다. 그런 구분은 유럽과 미국에서도 똑같아서 제2차세계대전후에 나온 예술 전반을 '현대예술', '현대문학', '현대미술' 등으로 부르고 있습니다. 그런 구분 방식에는 당연히 몇백, 몇천만 명이나 되는 인간의 죽음(대량살인)을 아랑곳 안하는 무시무시하고 저주스러운 전쟁을 향한 비판과 그런 시대를 거쳐 온 시대 비평이 깊게 뿌리내려 있습니다. 그것은 전쟁으로 질질 끌려갔던 정신주의로부터의 탈각을 지향한 자계自戒를 포함한 자기반성의 창조 행위이기도 했습니다.

여하튼 제1차, 제2차까지 벌어진 세계대전쟁은 모름지기 기독교 신앙이 널리 퍼져 있는 유럽에서 그 신도들이 벌인 전쟁이기에 자기성찰은 당연한 귀결점이었습니다. 특히 일본은 구제할 수 없을 정도의 정신주의에 빠졌던 행적을 안고 있는 나라입니다. 태평양전쟁 말기, 일본에서는 죽창과 폭탄을 들고 자폭해서 본토결전을 하겠다는 결의를 하고 있었습니다. 그것은 신국神國 일본의 국체호지國體護持, 만세일계의 현인신現人神인 천황이 다스리는 나라를 의미하며, 이른바 그것을 '국체'라 했습니다. 1945년 7월 26일, 일본에 항복 권고를 했던 포츠담선언을 일본이 국체호지를 한다며 바로 받아들이지 않고 어물어물대고 있다가 히로시마와 나가사키에 원자폭탄이 떨어졌습니다. 항복권고를 바로 받아들였다면, 도쿄대공습, 이오지마, 오키나와, 히로시마, 나가사키에서의 터무니없는 대참극은 없었을 터입니다. 소련의 참전과 조선반도 북쪽의 점령도 일어나지 않아서 조선이 남북으로 분단되는 일도 당연히 없었을 겁니다. 단말마의 발버둥질인 '본토결전'은 일본의 독특한 정신주의가 국민의 정신을 완전히 물들여 놨기에 가능한 발상이었습니다.

인류의 일원으로서의 인간적 회오가 깊이 작용해서 '현대'라는 관사가 이토록 오랫동안 계속되고 있다 해도 좋을 것입니다. 지금까지의 정감을 주조로 한 심정적인 시를 정신주의의 온상이라고 판단해서(이것은 유럽도 마찬가지입니다), 시각적·논리적 사고의 미를 추구하게 되었습니다. 시가 어떠해야 하는가에 대한 의견이나 생각은 제각각입니다만, 그래도 시 그 자체를 사랑하는 마음은 넓으며 모두가 또한 품고 있습니다. 설령 시를 쓰지 않는 사람이라 해도 시를 좋아하는 마음은 마찬가지입니다. 누군가로부터 배웠던 것도 아닌데 '시'에 대한 호감도는 인류의 공통된 의식처럼 널리 퍼져 있습니다. 시는 아름다운 것, 거짓 없는 것, 사람의 심정을 보듬어주고, 감정을 온화하게 승화시키는 것, 좋지 않고 그렇게 돼서는 안 되는 편에 절대로 가담하지 않는 것이라는 신뢰가 인류에게 전승된 것처럼 계승되고 있습니다. 그 흔들림 없는 공감은 골똘히 생각해 보면 언어를 향한 끝없는 신뢰라고 말해도 좋을 것입니다. 시는 거짓 없는 언어이며, 그 언어는 사람들의 소원을 품고 있는 구제의 계시啓示이기도 하다는 기원과도 흡사한 신뢰입니다.

일본의 '근대시'

그렇다면 현대시 이전의 시는 어떠한 경로를 더듬어 왔던 것일까요. 일본 근대시는 기타하라 하쿠슈北原白秋(1885~1942), 가와지 류코川路柳紅(1888~1959), 미키 로후三木露風(1889~1964) 등에 의해서 시작됐습니다. 기타하라 하쿠슈는 천부적인 시적 재능으로 엮어낸 탐미적 감각이 빛나는 정감의 세계를 열어서 1910년 전후 일본 시단의 중심적인 인물이 됐습니다. 기타하라보다 세 살 어린 가와지 류코는 일본 최초의 구어체 자유시(그 전까지는 구어가 아니라 문어조의 정형, 음율의 시였습니다)를 썼습니다. 구어란 글을 쓰는 언어가 아니라 말할 때 쓰는 언어이며 일상어로 정형 7·5조에 음절을 맞추는 시입니다. 요컨대 가와지 류코는 그 구어체 자유시의 창작을 시도했던 겁니다. 그 시집이 잘 알려진 『길가의 꽃路傍の花』입니다. 이 시집이 나오자 일본 시단은 놀라서 충격에 빠졌습니다. 시란 정형적으로 음절을 갖추고, 문어조의 격조 높은 느낌의 글이어야 한다고 생각하고 있었기 때문입니다. 그런데 일상어인 구어로 시를 썼으니까 엄청난 충격을 받은 겁니다. '문어'의 어조는 일상의 대화와는 다른 특색을 지닌 언어체계를 가리키는 용어입니다. 특히 메이지明治 시대 이후에 표준화된 구

어와 대조되는 것으로 문어의 위치가 정해졌습니다. 또한 기타하라와 자주 비교되는 미키 로후(1964년에 타계했으니 꽤 나 장수를 했습니다)는 명상적이며 탐미적인 상징시를 확립했는데, 그것은 문어와 구어 모두를 병용한 정형시였습니다. 사람들이 자주 읊는 서정시 「고추잠자리赤とんぼ」도 미키의 시입니다. 널리 애창되고 있는 서정시나 초등학교 창가와 같은 노래 대부분은 문어로 가사가 적혀 있습니다. 그 노래를 듣거나 부르기만 해도 여전히 눈가가 촉촉해지는 〈으스름 달밤おぼろ月夜〉 등이 그렇습니다. 〈저녁 하늘 개어 夕空晴れて〉 등도 모두 문어조 가사입니다. 격조마저 느껴지는 가사로, 시라는 형태를 띠고 있지만 사람들에게 대단히 친숙한 정형시입니다. 그러한 형식의 시로부터 일상어 구어조로 시가 옮겨갔다는 사실은 생각해 보면 정말 엄청난 일입니다.

그런 문어체 시의 전통을 계승하며 구어체 자유시를 완성시켜 시의 근대를 확립한 시인이 바로 다카무라 고타로 高村光太郎입니다. 이것은 제가 판단한 것이 아니라 근대시의 정실이 대략 그렇습니다. 그의 첫 시집 『도정道程』은 기념비적인 시집이며 다카무라는 문어와 정형율을 거부하고서 구어로 내재율(내재율이란 연이은 구어가 안고 있는 음조율), 그 내재율에 의한 리듬, 음악성을 중시해서 삶生을 향한 찬가를 이상주의적으로 읊었습니다. 잘 알려진 그의 시집으로 정신에 이상이 생긴 아내 치에코智恵子를 향한 사랑을 쓴 『치에코초智恵子抄』가 있습니다. 이 시집이 또한 근대시의 기념비라 일컬어지고 있습니다.

구어체 자유시의 진정한 완성자로 그것을 정점으로 끌어올린 시인은 잘 알려진 것처럼 하기와라 사쿠타로萩原朔太郎입니다. 병적이라고 할 정도의 예민한 감각과 괴이한 환상이 얽혀 만들어낸 아파하는 심상풍경을 그린 『달에 짖다月に吠える』(1917)나, 내재율을 지닌 일상구어로 표현한 『푸른 고양이青猫』는 그 시대 시단에 다대한 영향을 미쳤습니다. 영향을 미쳤다고 하는 말로는 부족합니다. 하기와라 사쿠타로는 실로 오늘날 회자되는 '현대시'에 다리를 놓은 시인입니다. 문어로부터 구어로의 이행이 얼마나 큰 변화였는가를 말씀드리자면, 잘 알려진 시로 요사노 아키코与謝野晶子가 남동생에게 지어준 유명한 단카短歌가 있습니다. 반전시로 불리는 단카입니다. 러일전쟁에 출정한 남동생을 생각하며 "그대, 무슨 일이 있더라도 죽지마오" 하고 문어체로 노래하면 격조 높이 울리는 것만이 아니라 자못 시적입니다. 그것을 구어체로 바꾸면 "너 죽으면 안 돼" 정도가 됩니다. 이렇게 해서는 도저히 시 같지가 않습니다. 요컨대 문어체는 음절을 맞추기가 쉽고 술어를 줄여서 짧게

말할 수 있는 특색을 갖추고 있습니다. 이렇게 격조 높은 느낌의 문어체를 말하는 언어인 구어체로 바꾸는 것이니 실로 엄청난 실험입니다.

이외에도 무로 사이세室生犀星나 사토 하루오佐藤春夫라는 대가들이 즐비합니다. 이런 대가에게 공통된 것은 정감 넘치는 심정의 시를 썼다는 점이며 그 기저를 이루는 것은 자연 찬미의 공감이었습니다. 근대 시인으로 이름이 난 대부분이 15년전쟁으로 쏠려가는 1930년대 이후 전쟁을 칭송(당시에는 15년전쟁을 성전이라고 말했습니다)하게 됩니다. 뛰어나게 사적인 심정과 관련된 시를 썼던 시인들이 '천황'의 위업을 내세우는 황위발양皇威発揚과 관련된 국가주의, 군국주의 앞에서 정말로 쉽게 자신의 껍질을 벗어던질 수 있었습니다. 이 근대 서정시인들이 지은 "일본의 노래"라 여겨지는 초등학교 창가나, 동요, 서정가의 대부분은 15년전쟁의 발단이 된 '만주사변' 전후에 쓰인 것입니다. 간략하게 정리했지만, 현대시가 지나온 경로가 전전戰前에 나온 근대시에 대한 반성에 뿌리를 내리고 시작된 시 창작 행위였음은 어느 정도 이해하셨을 것이라 생각합니다.

일본 시단의 권외에서

그렇다면 재일조선인의 한 사람인 저는 일본의 현대시와 어떤 관련을 맺어왔던 것일까요? 솔직히 말씀드려서 저는 일본에 온 이래로 일본 시의, 아니 일본 시단이라고 해야겠습니다만, 일본 시의 권외에서 살아왔습니다. 헤이트 스피치hate speech처럼 개개인의 인권, 민족의 존엄을 훼손하는 움직임이 공공연히 일어나도 일본의 시인 대부분은 그것이 자신의 창작과는 아무런 관련이 없으며 그저 조선인들과 아주 작은 말다툼이 벌어졌다는 정도로 인식합니다. 전전과 전후, 무권리 상태를 강요받아온 — 정확히는 1970년대에 들어서면서 재일조선인의 시민적 권익도 눈에 보일 정도로 개선이 되기는 했습니다만 — 재일조선인에 대한 차별의식은 의식하지 않는 의식이 돼 대다수 일본인의 시민 감정 속에서 여전히 숨 쉬고 있습니다. 요컨대 그 정도로 관련이 없는 사람들끼리 창작을 하고 시를 쓰는 관계 속에 저는 존재하며 일본 시의 권외에 위치한 사람일 수밖에 없었습니다.

꽤나 쓸쓸한 이야기지만 일본에서 시집은 잘 팔리지 않는 책입니다. 그런 시집이 혹시라도 천 부가 팔린다면 눈을 크게 뜨고 모두가 놀랄 진귀한 일입니다. 그 이전에 서

점에서 시집을 들여놓지 않습니다. 자비로 상당한 돈을 내 시집을 출판해서 동인들끼리 서로 나누는 등 동인들 사이에서 시는 창작되고 나눠지고 있습니다. 문학이라고 하면 일본에서는 소설을 말합니다.

신문 등의 문예시평에서 다루는 것도 소설뿐입니다. 그정도로 일본 현대시는 군색한 상태를 몇십 년이나 맞이하고 있습니다. 그것은 바꿔 말하자면 일본에서 예술이란 시의 쇠퇴 위에 성립되고 있다 해야 할 것입니다. 그러면서도 시는 현묘하게도 일본 소설의 본류인 사소설 속에서 숙성되고 있습니다. 시를 쓰는 행위가 그렇게 무력함에 빠지기 쉬운 오늘날의 일본입니다. 무엇보다 일본이라는 경제대국은 정묘한 하이테크 기술을 구사해 광범위한 정보 시스템을 완비하고 있으며, 그 시스템으로 물류를 관리하는 거대한 기구를 갖추고 있는 문명대국입니다. 이 난숙해진 나라 안에서 시란 하잘것없으며, 실생활과는 동떨어진 개인의 조용한 사색 행위에 지나지 않습니다. 시인 대부분은 상업주의와 연관된 카피라이터 일을 하며 생계를 이어가거나, 대망의 소설 한 편을 써서 일본의 표층을 그대로 모방하는 것이 고작입니다. 그럼에도 그런 시와 관련을 맺고서 떨어져 나가지 않는, 저라는 사람을 물론 때로는 애처롭게 생각하기도 합니다. 시를 쓴다고 하기보다도 시를 살아간다고 하는 편이 제게는 보다 절실한 바람으로 제 안에 자리 잡고 있기 때문입니다. 이토록 난숙해진 경제력과, 제멋대로의 생각, 방자한 마음과 다양한 자유를 누리면서도 일본이라는 나라는 눈앞의 이익과 지식에만 사로잡히는 풍조가 만연해 있습니다. 그래서 실리와는 부합되지 않는 것, 특히 시를 문학이라는 범주로부터 멀리하고 있습니다.

왜 그런 것일까요? 시가 없는 것도 아니며 시인이 존재하지 않는 것도 아닙니다. 시중에 돌아다니는 명사나 시인연감 등을 보면 몇백 명도 넘는 시인의 이름이 늘어서 있습니다. 시단詩壇에도 월간 시 잡지 등이 발간되는 것을 보면 그에 걸맞게 화려한 모양새로 번성해 있습니다. 그러니 사람들이 관심을 기울이지 않는 것은 시가 아닐지도 모릅니다. 시가 아니라, 시 안의 무언가가 간과되고 있습니다. 제가 쓰는 시가 일본의 현대시로부터 멀리 떨어져 있다고 말씀드렸는데 그것도 이와 밀접히 관련돼 있다고 생각합니다. 간과되고 등한시되는 무언가에야말로 그렇게 되면 안 되는 소중한 무언가가 잠재돼 있습니다. 인권이나 공해 등의 문제도 간과되고 있는 것 중의 하나입니다. 완성된 권위나 널리 퍼진 정의를 통째로 꿀꺽 집어삼켜서는 도저히 시인이라 할 수 없습니다.

제 시가 일본의 현대시로부터 멀리 떨어져 있음은 무엇보다도 일본의 현대시에서 실감을 느낄 수 없음과도 관련이 있습니다. 어쨌든 일본 현대시는 어렵습니다. 관념적인데다 대단히 추상적입니다. 무엇을 근거로 해서 살아가는지 알 수 없는 사람들이 시를 쓰다 보니, 무작정 인텔리가 쓰는 시만이 성행하게 됩니다. 그런 시에 친근감을 가지라 해도 도저히 그럴 수 없습니다. 현대라는 시대의 복잡함 속에서 인간의 사고가 굴절되는 현상을 저 또한 이해할 수 있지만, 아무리 그렇다 해도 일본의 현대시는 복잡한 것을 지나치게 복잡하게 표현하고 있습니다. 그렇지 않으면 본래 단순한 것도 복잡하게 다시 그리고 있는지도 모르겠습니다.

시와 언어

시와 만나게 될 때 무엇을 시로 느끼느냐는 문제는 쉽게 설명할 수 있는 성질의 것이 아닙니다. 다시 묻는다면 여러분의 마음속에서도 이런저런 생각이 엇갈리고 있을 겁니다. 그 중에서도 대부분을 차지하는 것은 심정적인 정감, 유로流露하는 서정, 아름다운 정경과 같은 것이겠죠. 사실 시란 그렇기도 합니다. 그렇게 느낄 수 있는 마음속에 시가 내재하고 있다는 사실만은 틀림없습니다. 그렇게 받아들이는 방식, 느끼는 방식에 공통된 요소는 문장 첫머리에서 말씀드린 바처럼 시에 보내는 흔들림 없는 신뢰입니다. 거듭 말씀드리자면, 시란 거짓 없는 자기 증명의 독백이며, 진실한 것, 순수한 것을 향한 공감을 나누어 가지는 가장 사념 깊은 미디어/매체로서 존재합니다. 그렇기에 시는 모든 예술의 핵을 이루고 있다고 할 수 있으며 예술을 낳는 원천이라 불리고 있습니다. 일반적으로 말해서, 우리가 그림이나 음악이나, 연극, 무용, 영화를 접하고 감명을 받고서 무언가가 씻겨 나가는 듯한 카타르시스를 느끼는 것은 결국 그 예술을 만든 사람의 시에 감명을 받았기 때문입니다. 따라서 그 작품이 좋은 작품인가 그렇지 않은가는, 그 작품에 시가 존재하느냐 그렇지 않느냐와 관련돼 있습니다. 직인의 작품이 예술이라 불리지 않는 이유이기도 합니다. 아무리 뛰어나게 그린 영화 간판이라 해도 그것을 예술 작품이라 부르지 않습니다. 그 안에 창작자의 독창성이 없다면 시는 싹트지 않기 때문입니다. 그렇게 보자면 시란 뜻밖에도 보편성이 있는 예술입니다. 요컨대 시는 시인만이 독점하는 것이 아니며 시인은 어쩌다 언어로 시를 쓰고 있음에 지나지 않습니다. 사람은 모두 각자 자신의 시를 품고서 살아가고 있습니다.

　인류가 이 세상에 태어난 후 언어를 공유하게 됐을 때부터 인간은 이미 시적이었습니다. 태고의 언어, 그 언어의 시작은 어휘가 매우 한정적이었기에 우선은 살아가는 데 가장 필요한 말부터 만들어졌습니다. 예를 들어 물이나 불, 비, 그리고 그 비를 내리는 천체, 그런 말이 처음에 만들어졌습니다. 한정된 말밖에 없었기에 한 단어가 여러 용도와 의미를 띠고 있었습니다. 근대에 와서 정비된 수사학에서 말하는 비유적 표현의 '암유(메타포)' 용법이 언어가 발생한 시초부터 쓰였던 겁니다. 숲에서 자연 발화가 일어나서 동물이 타 죽은 후에 타 죽은 동물의 고기가 생으로 먹는 것보다 훨씬 맛이 좋았을 겁니다. 하지만 불은 생명을 빼앗기도 합니다. 태워 죽이기도 하니까요. 무서웠던 불이 더러워진 것 등 주위를 깡그리 태워버려 깨끗하게 만듭니다. 거기에서 싹이 터서 새로운 생명이 자랍니다. 불은 모든 것을 태워서 무의 상태로 만들지만, 초목을 보면 알 수 있듯이 불태워버린 자리에서 다시 새로운 싹이 소생합니다. 불은 부정한 것을 정화하고 생명을 되살립니다. 불이 고대로부터 제례의식의 중요한 위치를 차지해온 이유이기도 합니다. 그러므로 '불'이라는 말은 신성하며 부활을 바라는 기원으로, 눈에 보이는 '신'을 증명한다는 생각의 연쇄가 예기치 않게 그런 의미를 띠는 말이 됩니다. 그것이 암유를 쓰는 용법과도 겹쳐집니다. 인간의 본성에 시가 뿌리를 내리고 있다는 말도 반드시 억지는 아닌 셈입니다.

시는 쓰이지 않아도 존재한다

사람은 모두 각자 자신의 시를 껴안고서 살아가고 있습니다. 있는 그대로가 아니라 다른 방식으로 골똘히 생각하는 사람, 또는 언어가 통하지 않는 관계에 있는 것, 예를 들어 동식물이나 무기물 등 인간이 아닌 것과 마음이 통하는 사람은 이미 그 마음속에 시가 살아 숨 쉬고 있습니다. 어린아이가 쓴 글에 우리가 깜짝 놀라는 이유는 돌이나 꽃과, 벌레, 작은 새들과도 아이들은 말을 나누고 있기 때문입니다. 어른들은 점차로 상식의 포로가 돼 모처럼 지니고 있던 동심을 잃어버렸을 뿐만 아니라, 어릴 적 꿈까지 고갈시켜 죽어갑니다. 인간도 살아 있는 생명체 중의 하나입니다. 모든 것과 마음을 통할 수 있는 감성을 갖고 있습니다. 시는 그러한 감성으로 시작됩니다. 요리를 하며 평생을 보내는 사람이 있는가 하면, 보선공으로 생애를 마치는 사람도 있으며, 관리직은 거들떠보지 않고서 당당하게 아이들을 챙기면서 정년에 도달하는 교원도 있음을 저는 알고 있습니다. 요컨대 자신이 살아가는 방식이 "있는 그대로 살아가고 싶지 않다. 놓여 있는 상태 그대로 있고 싶지 않다"고 하는 마음을 거듭하면서 의지를 깊게 간직하며 살고 있는 사람의 마음속에 시가 반드시 싹트고 있습니다. 무용가는 자신의 무용으로 시를 표현하며, 조각가는 정과 망치로 돌을 조각하고, 나무를 파서 자신의 시를 표현합니다. 그렇다면 왜 시를 쓰는 사람에게만 시인이라는 칭호를 붙이는 것일까요? 앞서 양해를 구하자면, 저는 시를 제 직업으로도 제 장기라고 생각하지 않습니다. 모두가 시를 지니고 있으며, 자신의 시를 살아가는 사람은 허다히 있습니다. 그러므로 쓰이지 않은 소설은 존재하지 않지만 시는 쓰지 않아도 존재합니다.

이미 돌아가셨지만 히로시마 시내에서 조금 떨어진 곳에서 그분은 살고 있었습니다. 그분은 미국과 프랑스가 어딘가에서 원수폭 실험을 하면 자기가 사는 곳 근처 사거리 모퉁이에서 이틀 동안 계속 앉아 있었습니다. 원수폭 반대라고 쓴 피켓을 앞에 두고서 비가 오나 바람이 오나 그곳에 앉아 있었습니다. 이제는 관광지로 변해 버렸지만, 홋

카이도의 철새를 구하려고 습지를 정비하고 먹이를 주고 철새 연못을 정비한 분이었는데, 그분의 운동은 그 후 주민운동으로 이어졌습니다.

그토록 떠들썩하게 국회를 흔들며 안보법제 관련 법안을 반대했음에도 불구하고, 아베 정권은 재작년에 강제적으로 법안을 통과시켰습니다. 이건 신문기사로 읽었습니다만, 국회 앞에서 시위가 한창 벌어지고 있을 때 70살 가까운 부부가 '우리도 어떻게든'이라는 마음은 있었지만 부끄러워서 결심이 서지 않다가 마침내 등에다가 문구를 붙이고서 통근을 해 회사로 향했다고 합니다. 지금도 92살 된 분이 금요일 데모에 등 뒤에 항의 문구를 써넣고서 참여하고 있습니다. 존재만으로도 통째로 시를 발현하고 있는 셈입니다. 시인의 언어는 그렇게 살아가는 사람, 그러한 삶의 방식이 있음을 알면서 유대 관계 속에 있는 동시에 그 속에서 발휘되며 발생하는 언어를 자신의 것으로 만들 수 있는 혜택을 받습니다. 그렇지 않으면 관념적이며 자신을 벗어나지 못하는 사념의 세계에 빠져버리게 됩니다.

그러므로 쓰이지 않은 소설은 존재하지 않지만 시는 쓰이지 않아도 존재합니다. 여러 가지 사물과 현상인 사상事象, 움직임, 호흡, 그것과 만난 사람이 그 정도의 자애로움을 얻게 됩니다. 요컨대 언어로 자애로움을 얻게 되는 셈입니다. 목구멍까지 치밀어 오르는 마음을 언어로 표현하지 못해서 어물거리는 경우도 헤아릴 수 없습니다. 인간이 살아가는 것은 대체로 그렇습니다만, 그렇게 목구멍에 막혀서 나오지 않는 말, 정체돼 응어리진 마음을 실을 뽑아내듯이 표현해내는 언어력, 그것이 언어로 쓴 시입니다. 따라서 시를 쓰는 사람, 언어를 구사하는 사람의 책무는 자신의 생각은 반드시 그 밖의 많은 사람이 생각하고 있는 것이기도 하다는 자각을 소홀히 하지 않는 것. 요컨대 자신도 대중의 한 사람이므로 많은 사람들의 생각을 필연적으로 갖고 있다고 생각해야 합니다. 주위를 보면 자신을 위해서 시를 쓴다는 사람이 종종 있습니다. 확실히 그렇기는 하나 주위 사람들로부터 떨어져 살아가는 것이 아닌 이상, 많은 사람들과 연결돼 있음을 부정할 수 없습니다. 그러므로 시인은 불가분하게 타인의 삶을 나누어 가진 존재입니다. 시인의 언어는 그러므로 무엇보다 소중합니다.

초현실주의의 대두

1차세계대전이 끝난 후, 초현실주의라는 경악할 만한 예술사조가 대두됩니다. 천몇백 년에 걸친 유럽 전역의 신앙 규범을 만들고, 윤리관, 도덕률, 세계관에 이르기까지 통괄하고 있었던 것은 천주교였습니다. 세계대전도 이 천주교 교도에 의해서 벌어졌습니다. 그런 천주교의 신앙, 천주교나 기독교에 대한 불신과 반감을 계기로 전면 부정의 예술주의, 행동력 있는 운동으로서 일어난 것이 일대 예술사조로서의 초현실주의 운동입니다. 이 쉬르(초)의 예술사조에 주도적인 역할을 했던 예술인은 바로 시인들이었습니다. 앙드레 브르통은 이를 대표하는 전위 시인입니다. 저는 리얼리즘 시를 쓰지만, 리얼리즘을 변혁할 수 있는 것을 이전부터 초현실주의로부터 얻어왔습니다. 초현실주의는 알고 계시는 것처럼 자동기술법automatism이라는 언어 기능을 주장했습니다. 약 2천 년 동안 기독교, 특히 중세 이후의 천주교 등 종교적 제약이라는 엄혹한 규범 속에서 사람들의 윤리관이 조형됐습니다. 그 윤리관은 도덕률이나 철학관마저도 속박해 왔습니다. 초현실주의자들은 그러한 윤리관하에서 몇백 년 동안이나 배양돼 온 의식, 배양된 언어야말로 가장 불신해야 할 것이며, 혐오의 대상으로까지 설정했습니다. 언어라는 것은 생활규범까지 포함하고 있어서 때 묻은 것이라 생각합니다. 그러므로 의식하지 않고서 표현하는 언어를 추구한 결과 자동기술법에 이르렀습니다. 요컨대 몽유병 상태에서 발화되는 언어야말로 그 어떤 것과도 섞이지 않은 순수한 언어인 셈입니다. 그 정도로 이미 만들어진 권위, 의식, 도덕률, 가치관과 대립해서 그것으로부터 빠져 나가는 것에 집착했습니다. 그것은 즉 천주교주의, 기독교의 정신주의로부터의 탈각을 의미합니다.

그토록 전위적인 예술사조, 초현실주의를 지향한 사람들 중에서 운동의 신조를 지탱한 인물로 박명한 뛰어난 시인 로트레아몽Lautréamon이 있었습니다. 그는 『말도로르의 노래』라는 단 한 권의 산문시집을 남겼습니다. 로트레아몽은 "시는 한 사람에 의해서 아니라 만인에 의해서 쓰이지 않으면 안 된다"고 했는데 초현실주의자들은 그것을 이념으로 삼았습니다. "누구나가 할 수 있는 수법으로 모두가 모방 불가능한 표현을 창출하"는 것이 창작의 기본이었기 때문입니다. 요컨대 시는 모두와 연결된 것이지만 모두에게 공통된 마음을 지니며, 그러면서도 독자적인 언어를 발화할 수 없다면 이미 시가 아니라는 겁니다. 시란 인간의 본질에 뿌리내리고 있는 미美입니다. 그러므로 시를 자각하게 되면 부당한 것을 가장 증오하는 인간이 될 수밖에 없습니다.

인간이 인간으로 살아가려 하는데 그 길이 닫혀 있을 때가 왕왕 있습니다. 일본국헌법은 최소한의 문화적 생활을 사람들에게 보장하고 있지만, 도쿄에는 아사해서 한 달 동안이나 발견되지 않았던 부부가 있었습니다. 이토록 풍요로운 나라에 풍요롭지 않은 것이 오히려 더욱 크게 존재하고 있습니다. 빛의 세기가 강하면 강할수록 그 뒤에 있는 어둠의 깊이는 깊습니다. 아닌 척 가장하고 있음이 신경이 쓰이며 사람들이 신경조차 쓰지 못하는 것에 마음이 쓰이는 바로 그곳에 시가 머뭅니다. 그렇기에 현재 난숙한 경제대국 일본 안에서 시는 오히려 소홀한 대접을 받는 운명에 처해있는 것인지도 모릅니다. 그런 것에 관여하면 곤란해지도록 사회가 짜여 있습니다. 타인의 의도가 무엇이든, 타인의 인생이 어찌되든, 자신만 좋으면 된다는 실리찬양의 풍조가 완전히 만연해 있음도 이와 관련됩니다. 다른 사람들이 언어로 표현할 수 없는 마음을 겸비하고 있는 자로서 — 저는 시를 쓴다는 행위는 그러한 것임을 의심치 않지만 — 목구멍까지 치밀어 오르는 마음을 지니고 있으면서도 여전히 표현하지 못한 채 살아가는 많은 사람들이 있습니다. 세상 대부분의 사람들은 그렇습니다. 자신이 좋아하는 일을 하면서 살아가는 사람은 제한적이니까요. 먹고 살기 위해 일하면서 가슴 속에서 솟구치는 마음을 언제고 그저 품고만 살아 가는 겁니다. 그런 사람들의 마음을 나누어 가지려는 생각을 품고 사는 저는, 시인은 언어를 갈고 닦으며 의식을 개척하는 존재여야만 한다고 항상 제 자신을 타이르고 있습니다.

시는 현실인식의 혁명

시에 대한 생각은 그 사람의 인생관, 세계관에 따라 다르다고 말씀드렸습니다만, 그 가운데 공통된 요소도 있습니다. 시에 대한 호오와는 관련 없이 시는 현실인식의 혁명이라는 것이 바로 그렇습니다. 딱 잘라 말해도 좋다고 생각합니다. 시는 인간 의식의 표출이라고 할 수 있는 언어를 응축해서 새겨 넣는 예술이므로 어떠한 관점에 서 있는 시인이라 하여도 통상적인 일상어를 부단히 체로 쳐서 골라내야 합니다. 일상에 익숙해져서 완전히 무지러진 언어로부터 탈피해 쇄신해야 합니다. 그 사고를 영위하는 것이야말로 이미 현실을 재검토하고, 주어진 그대로 있을 수 없다고 생각하는 마음의 시적 행위인 동시에 그에 대한 인식입니다. 그러므로 현실인식을 바꿔나가야만 합니다. 이미 성립된 정의조차 의심하며, 선악과 미추를 즉각적으로 판단하지 않으며, 대다수가 쏠려가는 지점으로부터 이

탈한 인간. 대부분이 찬동하며 흥겨워하는 것에는 머쓱해하며, 감격의 눈물을 흘리는 많은 사람들의 그늘에서 홀로 웃음을 짓는 사람, 결코 심술쟁이가 아니며 평소에는 어느 누구보다도 사람이 좋으며, 유연하게 반골적인 기골을 숨기고 있는 사색하는 사람. 이것은 아무리 관점이 달라도 시를 살아가는 사람이 지닌 공통된 자질입니다. 언어를 갈고 닦고, 의식을 개간해가는 시인은 요컨대 현실 인식에 돌멩이 하나를 던지는 의식의 개척자이기도 합니다. 아무리 소설이 팔리고 각광을 받아도, 소설가가 가장 주눅이 드는 대상은 시인입니다. 그것은 소설의 로망에 내재된 것 중에서 문제시되는 핵심이 바로 시임을 소설을 쓰는 사람이라면 누구보다 잘 알고 있기 때문입니다. 사실 일본의 시는, 일본적 자연주의 문학, 사소설 속에서 그 어느 때보다도 꽃을 피웠습니다. 아무리 장대한 소설이라도, 예를 들어서 『전쟁과 평화』나 『안나 카레리나』 정도의 장대한 이야기라 해도, 읽고 나서 기억에 남는 것은 몇 장면이거나, 몇 개의 문구 정도입니다. 영화도 똑같아서 몇몇 신에 한정됩니다. 하지만 시는 애초부터 매우 한정된 적은 글자를 새겨 넣었기에 기억에 남는 효율로 보자면 시가 최고입니다.

저는 일본에서 살아간 60여 년 동안 한국 외의 나라를 방문한 적은 없지만, 가능하다면 프랑스에는 꼭 한 번 가보고 싶습니다. 그것은 화려한 도시 파리에 가고 싶다는 진부한 목적이 아닙니다. 일본에 왔을 무렵 청강하고 있던 대학에서 어느 선생님이 프랑스의 좋은 점에 대해 말해줬는데 지금도 그것을 잊지 않고 기억하고 있습니다. 프랑스에서는 시인을 위해서 평론 부문의 직업을 보장하고 있다는 말을 들었습니다. 평론 부문은 시인을 위한 직종이라는 겁니다. 세계에서 가장 평론가가 많고, 평론 부문이 여러 방면에 걸쳐 있는 나라는 다름아닌 프랑스라 합니다. 헤어스타일, 미용, 복식 등 어떤 장르의 평론가라 해도 동시에 시인이 아니면 사회적인 신용을 쌓을 수 없는 나라가 프랑스라고 했습니다. 영화나 연극, 미술평론도 마찬가지입니다. 제게는 대단히 감동적인 이야기였습니다. 그로부터 좀 더 신경을 써서 프랑스 책을 읽어봤습니다. 물론 번역된 것이지만 확실히 그렇습니다. 프랑스에서는 전통적으로 시인이 최소한 한 명의 연극인이나 한 명의 화가를 세상에 내보낼 책무를 운명처럼 짊어지고 있습니다. 화가나 무대예술가는 자신에 대해 말하는 사람들이 아닙니다. 아폴리네르가 피카소를 세상에 내보냈던 것과 같은 이치입니다. 장 콕토가 마리아 칼라스에게 했던 것과 같은 이치입니다. 화가나, 연극인, 무언가를 창조하는 사람은 자신을 스스로 설명하지 못합니다. 그런 사람들에 대한 논증이나 이론을 언어로 증명해 주는 시인들이 살아가는 나라. 그것이 프랑스라고 들었습니다. 아직도 동경하고 있습니다.

상황과 시

"역사의 전환점"이라는 관용어는 시대 변동을 비유한 말인데, 현재 일본은 커다란 커브를 돌고 있기보다 완전히 직각으로 꺾으며 나아가고 있는 느낌입니다. 아베 수상은 일찍부터 헌법 개정을 공언하기를 망설이지 않았는데, 2년 전에는 염원하던 안보법제 관련 법안을 고함 소리 속에서 강행 채택해 헌법9조를 실질적으로 형해화形骸化시켰습니다. 이미 교육기본법을 개정하고 여당만으로 그것을 강행했습니다. 제1차 아베 정권 당시 학교 현장에서 "아름다운 일본"이라는 정서적인 애국의 심정을 가르치는 것 등을 정치 목표 슬로건으로 내걸었습니다. 아베는 중의원과 참의원 모두 3분의 2 이상 의석을 점거했으니 더욱 그런 현상이 가속화되고 있다고 느낄 수밖에 없습니다.

제가 감수성이 다감한 소년이었을 무렵, 일본은 '신주神州 일본', '신의 나라 일본'이라 칭해져 더없이 아름다운 나라라고 배웠습니다. 일본 국민으로서 비천한 몸으로 천황의 방패가 돼 외적을 막는 것이 무엇보다 중요한 미덕으로 여겨졌습니다. 전쟁을 거쳐 온 일본이 국가주의적 색채가 짙은 아베 수상 집권 시기부터 두드러지게 "아름다운 나라", "늠름한 나라"를 내세우고 있습니다만, 이 "아름다운 나라"라는 개념은 정말로 섬뜩합니다. 아름답지 않다고 생각되는 것을 불식시키는 데 힘이 들어갈 것 같아서 식민지인이라는 어두운 역사의 부산물인 저, 조선인인 저는 말로 형용할 수 없는 불안감에 휩싸일 수밖에 없습니다.

전후 평화헌법하에서 배양된 국가의 토대가 소음을 내며 흔들리고 있는 지금, 시는, 그리고 시인은 어떠한 위상을 지니고 살아가야 하는 것일까요? 일본에서 살아갈 수밖에 없는 재일조선인인 저는 무엇에 의거해서 자신의 시를 살아가야만 한단 말인가? 하고 자신에게 물으며 이곳에 서있는 참입니다.

저처럼 지방의 끝에서 글을 쓰는 사람에게도 하루에 몇 권인가의 동인지나 시집이 옵니다. 집이 우편물 때문에 찌부러질 정도로 책이 쌓여가고 있습니다. 최근 4, 5년을 돌아봐도 노아의 홍수를 연상시키는 동일본대진재, 후쿠시마 원자력발전소가 붕괴되는 대진재가 있었고, 안보법제 관련 법안을 둘러싼 소란스러움이 일본 열도를 뒤흔들었습니다. 그것만이 아니라 지금까지는 없었던, 아니 있을 수 없었던 일들이 공공연히 통과되고 있습니다. 상당한 분량의 동인지와, 제 방이나 복도에 산처럼 쌓아가는 시집 대부분에는 평화헌법이 어긋나는 사태나 동향을 심각하게 사고하는 문장이나 작품을 조금도 싣고 있지 않습니다. 그렇지 않으면 문학이 아니라는 것처럼 지극히 평온하며 평화로운 일본 안의 개인이 일상에서 느끼는 심정이나 생각에 몰입할 뿐입니다.

제가 경애하는 오노 도자부로小野十三郎의 『시론詩論』을 보면 시적 행위 ─ 요컨대 시에 주력하는 의지적인 행위라 받아들여도 될 것 같습니다만 ─ 라 함은 "느슨하고 지루한 시간인 일상생활의 바닥에 보이는 항상적인 저항의 자세"라고 설명하는 구절이 나옵니다. 익숙해진 일상으로부터의 이탈과 그렇게 익숙해진 일상과 마주하는 것이 시를 낳는 원동력이라고 말하고 있음에 다름아닙니다. 적어도 자의적인, 우연한 사념조작思念操作이 그려내는, 혹은 그려낼 요량으로 있는 추상 능력으로는 시적 행위를 만들어낼 수 없다는 뜻이기도 합니다.

일본의 현대시가 번영했다고 한다면 무엇을 근거로 해서 번성했는가가 문제시됩니다. 개별 시인은 자신의 시가 성립될 정도의 장場이나 상황을 자신의 삶의 방식에 과연

비춰볼 수 있을 것인가. 일본의 현대시는 어떤 범위에서 어떠한 사람에 의해 읽히고, 지탱되고 있는가를 고찰해 현대시는 이런 것이라고 결정되는 내용을 행위로써 부정해 가는 것. 그러한 시도가 없는 한, 현대시는 흥미롭지 않다고 여겨지는 사고로부터 언제까지고 빠져나갈 수 없을 것이라 생각합니다. 인간적이다, 이것이 시라고 여겨지는 내용을 행위나 사회와 겹쳐지는 지점을 의식하는 행위로써 부정해 가는 것, 그것이 아니라면 시를 하는 행위는 존재하지 않습니다. 이를 위해서는 자신이 존립하고 있는 일상의 폭 속에서 스스로 나아가거나, 그 폭을 자신의 의식 속으로 끌어들이지 않는 한, 자신의 시는 지극히 사적인 매우 협소한 의식을 표명하는 수준밖에는 되지 않습니다.

어쨌든 시를 어떻게 생각하든지, 대상에 대한 관심이 사라지고, 자신의 존립만이 모든 것이 될 때 사회의 상태를 질적으로 높이고, 풍부하게 만들려는 우리의 사랑은 엷어져갈 뿐입니다. 우리는 좀 더 주변의 것, 더 나아가서는 변동하고 있는 시대, 꿈틀거리는 사회 상황에 관심을 가져야 합니다. 일본이 경제적으로 윤택하고 소비 물질이 넘쳐나면 날수록, 그 윤택함의 바닥을 향해서 시는 비평의 추를 가라앉혀가야 합니다. 경제대국에 사는 우리가 혜택을 받고 있는 것이 아니라, 넘칠 정도의 윤택함으로 인해 오히려 피폐해지고 황폐해져 가는 사람도 가득 있음을 알아야 합니다. 그러므로 시는 성실하고 소박하게 살아가는 사람들 측에 있어야 합니다. 이를 저해하는 모든 것과 응당 마주봐야만 합니다. 그러므로 시는 대저 언어만의 창작이라고 한정할 수 없습니다. 그렇게 살아가려 하는 의지력 속에야말로 그렇게 돼서는 안 되는 것을 향한 비평이 숨 쉬고 있습니다. 그 자체가 이미 시라 해도 되며 그 비평을 언어로 발화할 수 있는 사람이 시인이기에 시는 좋든 싫든 현실인식의 혁명입니다.

시와 서정

주석을 다는 것 같아서 죄송합니다만 현대시와 근대시의 차이를 한마디 말하자면 표현할 것인가 노래할 것인가라 할 수 있습니다. 근대시는 그러한 기분을 정감적으로 공유할 수 있다면 의식이 굴절돼 작용하지는 않습니다. 통상적인 인식과 서로 비슷한 정동, 자연관과 계절 감각이 뭐라 말할 수 없는 정감을 음조에 실어 자아내 읽는 사람의 감정에 맞물리는 것이 가장 좋습니다. 이 모든 것이 인생의 애감을 풍기기에 안성맞춤인 공통의 제재입니다. 그렇기에 근대 서정시라 불리는 근대시의 기조에는 예정조화적인 자연찬미가 담겨 있습니다. 자연에 빗대어 자신의 생각을 노래하니, 말하자면 자신의 심정을 자연에 투영하는 겁니다.

그에 비해서 현대시는 정감보다도 사고의 가시화에 힘을 쏟습니다. 마음이라던가, 생각하고 있는 것은 눈에 보여줄 수 없지만, 그것을 정말로 눈에 비추는 것처럼 공간에 표현해 냅니다. 언어는 본래 마음이 가득 담긴 말이면 말일수록 물체의 형상을 띠지 않으면 표현할 수 없습니다. 일상어는 금방이라도 이해돼 받아 넘겨버리는 언어라서 듣는 이의 상상력을 부풀게 하거나 사고 속에 자리 잡기를 기대할 수 없는 편법적인 언어입니다. 기쁘다, 슬프다, 아프다, 괴롭다고 호소하게 되면, 그 용어 자체가 심정의 전체라서 이미 그것만으로도 충분합니다. 끓는 물을 속아서 마셨다(믿는 사람에게 배반당해 호되게 당했다)거나, 물이 떨어지는 곳에 돌이 막혀 있다는 등의 비유는 예부터 실생활에서 사용되던 언어의 지혜였습니다. 그것이 사물의 형태를 들어서 표현을 하는 화자, 표현자의 실감입니다. 요컨대 비유된 것에 의해서 심정이 눈애 보이게 되는 이치입니다. 사고의 가시화라는 현대시의 방법도 알기 쉽게 말하자면 같은 종류입니다. 마음을 느끼게 하기보다 가시화해 그리기에 정감을 돋우는 표현은 최대한 피하게 됩니다. 말하자면 정신주의 비판이 그 안에서 작용하고 있는 것입니다.

그래도 일정한 리듬이 작품을 관통하고 있다면, 그것이 그 사람, 시인의 독자적인 서정입니다. 요컨대 주정적主情的인 정감으로부터 끊어져 한층, 유로流露하는 리듬이야말로 발견해야 할 현대시인의 서정입니다. 시의, 시인의, 더 나아가서는 사람들이 지닌 사상의 낡고 새로움은 그 서정이 지닌 질에 의해서 분간됩니다. 현대시를 쓸 요량으로 있으면서도 실은 근대시의 영역 안에 고착돼 있는 '서정적'인 사람은 지금도 여전히 많습니다. 단카短歌나 하이쿠도 이 서정적인 면으로부터 본다면 시라는 것과 차이가 명확합니다.

최근 몇 년 동안, 지진과 풍수해, 폭설로 인한 재해로 인명을 잃는 등, 엄청난 자연재해가 두드러지게 이어지고 있습니다. 도시에서 생활하는 사람에게는 매년 똑같은 겨울 풍경이겠지만, 폭설 피해를 입은 지역의 어려움은 비견할 수 없을 정도로 곤란합니다. 도시 집중화 현상으로 고령자만이 남아 있는 시골 촌락은 더욱더 곤경에 처해 있습니다. 눈이라고 하면 약간 동화와도 같은 울림도 있고, 스키를 타러 가는 것처럼 즐거운 일입니다. 하지만 그곳에서 살아가는 사람에게 자연은 남들보다 갑절이나 되는 노력과 검소한 생활을 거듭한 후에야 간신히 마주할 수 있는 대상입니다.

자연이란 그곳에서 살아가는 것을 의미한다

인간이 이 세상에 탄생한 날부터 인간의 앞을 막아선 것은 압도적인 자연의 위협이었습니다. 경작지 하나를 만드는데도 바위를 움직이고 숲같이 우거진 덩굴을 치우고, 나무뿌리를 치우고, 바람을 막는 울타리를 세워야만 했습니다. 그런 가혹한 생활조건을 버텨왔기에 인간의 힘이 도저히 미칠 수 없는 것이 세상에 있음을 사람들은 자연과 더불어 살아가면서 깨닫게 됐습니다. 인간의 언어로는, 방금 전에도 말씀드렸지만, 그렇게밖에 말할 수 없어서 그것을 신이라고 말하고, 하늘이라고 말하면서 우러러 봤습니다. 그러므로 자연이란 인간에게 외경의 대상이기는 했어도 치유를 받는 무엇이거나, 비노동非勞働 그러니까 일하지 않아도 좋은 대가처럼 찬미되는 대상이 절대 아니었습니다. 다시 말하자면, 그곳에서 살아가는 의미를 지닌 사람에게 자연은 존재했다고 하겠습니다. 사람은 자연이라는 압도하는 현실의 한복판에서 살아가야 했기에 자연과 무엇보다 조화를 이뤄야 했습니다. 현재는 어디에 가도 개발, 개발이라 하며 도시화 현상이 촌락의 발전인 것인 양 말하고 회자되고 있습니다. 끊임없이 계속되는 풍수해도 그 대부분은 도시화 현상에 의해 자연의 분노를 산 것이라 생각합니다. 한신대진재阪神大震災도 편리함을 극도로 추구한 도시였기에 더욱 큰 재해가 됐습니다. 그 정도로 훼손되고 있는 자연 속의 향토를 그저 사랑하기만 하면 나라를 사랑하는 것으로 이어진다고 아베 수상은 말하고 있습니다. 알고 계시는 분도 있겠지만, 어제 신문에 의하면 일본은 인도와 원전 수출 계약까지 맺은 모양입니다.

확실히 일본은 자연의 혜택을 받은 나라입니다. 아름다운 사계가 있고, 노래에 나올 것처럼 산은 푸르고 물이 깨끗한 나라입니다. 그렇기에 단카나 하이쿠는 국민적 시가의 지위를 전통적이라 해도 좋을 정도로 계속 유지하고 있습니다. 도시화 현상 속의 과소화過疎化라 함은 사람의 정감을 얽매는 자연이, 사람의 마음을 치유해야 할 자연이 흔한 곳일수록 사실 사람이 살아갈 수 없는 상태와 이어집니다. 그러니 그것은 그대로 소중한 자연을 소외시키고 있음에 다름아닙니다. 그런데도 일본의 단시 형태의 문학 대부분은 그 자연에 마음을 가득 담아서 정감 넘치게 찬양하고 있습니다. 그러므로 서정시라는 것은, 정확히 말하자면 근대풍의 서정시라 함은 자연의 아픔을 뒤돌아보지 않는 것이기에 '비평'을 안고 있는 창조 의식과는 동떨어진 미의 소산입니다. 요컨대 정감이 빚어낸 '자연'입니다.

서정이나 정감이라는 것, 그 자체는 개개인의 체감적인 리듬이며 감정의 꿈틀거림이므로 타인과 관련이 없습니다. 그럼에도 그것이 예정조화적인 총화인 것인 양, 누구에게도 의식되지 않고서 물들어버린 개개인의 심적 질서가 된 미의식의 리듬이라고 한다면 그것은 일대 사상이라 불러야 할 정도입니다. 자연을 사랑하여 금방이라도 감정 이입이 가능한 그런 일본인의 정감이 과다한 감수성은 관련을 맺기보다는 바라보고, 깊이 비평하기보다는 감상하는 방관자적인 기풍을 뿌리내리는 데 유효하게 작용하고 있다고 저는 보고 있습니다. 그런 기풍을 밑바탕으로 해서 일본의 시적 서정성은 이어져 왔으니 사회의 동향이라던가 자기 응시라고 하는 활동적인 문제의식은 시라는 형태로는 좀처럼 익숙하지 않아 이상합니다. 대세로 기울지 않고, 권위에 알랑거리지 않고, 정의라 일컬어지는 것을 통째로 삼키지 않고, 간과되고 소홀히 여겨지는 것에 시선이 가며, 익숙한 것이 마음에 걸리는 사람. 제게는 그런 사람이 시인으로, 그 시인이 구석구석에 점재돼 있는 나라, 골목길 서민들의 연립주택이나, 촌마을, 학교, 직장에 슬며시

그런 시인이 살아가고 있는 나라야말로, 제계는 가장 아름
다운 나라입니다.

김시종 시인 연보

1929년 12월 8일	부산에서 아버지 김찬국金讚國, 어머니 김연춘金蓮春 사이의 외아들로 출생했다. 황군皇軍 소년이 되는 것을 갈망하는 소년 시절을 보냈다. ** 자전 『조선과 일본에 살다』를 보면 출생지가 원산에서 부산으로 수정돼 있다.
1936년	원산에 있는 할아버지 집에 한방 치료를 겸해 일시적으로 맡겨졌다.
1938년	아버지의 책장에서 세계문학 관련 서적을 열중해서 읽기 시작했다.
1942년	광주의 중학교에 입학했다.
1944년	굶주림과 혹독한 군사 교련으로 늑막염을 앓았다.
1945년	제주도에서 해방을 맞이했다. 제주도 인민위원회에서 활동을 개시하는 등 민족사를 다시 응시하고 운동에 투신했다.
1947년	남조선노동당 예비위원으로 입당해 빨치산 활동을 벌였다.
1948년	'제주4·3'에 참가했다. 산부대를 돕는 역할을 하다가 군경에 쫓기는 몸이 됐다. 병원 등에서 숨어 지내며 목숨을 건졌다.
1949년 6월	일본으로 밀항해 제주 출신이 많은 오사카의 이

카이노로 들어갔다. 이후 임대조林大造라는 이름
으로 생활했다. 오사카 난바에 있는 헌책방에서
오노 도자부로의『시론』을 사서 읽고 깊은 감명
을 받았다.

1950년	일본공산당에 입당했다.

**『집성시집 들판의 시』에 있는 연보에 따르면 공산당 입당 시기는
1949년 8월로 나온다.

1951년	『조선평론朝鮮評論』 2호부터 편집에 참가했다. '민족학교' 탄압에 대항해 재일조선인연맹(조련)계 학교인 나카니시조선소학교 재건 운동에 참여했다.
1952년 4월	나카니시조선소학교가 경찰기동대에 둘러싸여 개교됐다. 5학년 담임으로 부임했다.
1952년 6월	스이타사건 데모에 참여했다.
1953년 2월	오사카 조선시인집단 기관지『진달래チンダレ』를 창간했다.
4월	재일조선통일민주전선(민전)의 상임위원에 취임했다.
1954년 2월	심근장애로 이쿠노 후생진료소生野厚生診療所에 입원했다
1955년 12월	첫 시집『지평선地平線』을 800부 한정(정가 250엔)으로 발행했다. 서문은 오노 도자부로가 썼다. 초판이 일주일 만에 매진됐다. 재일조선인 사회만이 아니라 일본 시단에서도 큰 반향이 일어났다.
1956년 2월	오사카조선인회관에서『지평선』 출판기념회(회비 50엔)가 열렸다. 입원 중인 병원을 빠져나와서 출판기념회에 참석했다가 병이 악화됐다.

5월	『진달래』(15호)에 '김시종 특집'이 꾸려졌다.
여름	이쿠노 후생진료소에서 퇴원했다.
11월	『진달래』회원 강순희와 결혼했다.
1957년 8월	『진달래』에 발표한 시와 평론이 조선총련으로부터 정치적 비판을 받았다.
11월	시집 『일본풍토기日本風土記』를 냈다.
1958년 10월	조선총련과의 갈등으로 인해 『진달래』가 제20호를 끝으로 폐간됐다.
1959년 2월	오사카 조선시인집단이 해산됐다. 양석일, 정인 등과 '가리온의 모임ヵリオンの숲'을 결성했다. 6월 『가리온』이 창간됐다. 『장편시집 니이가타』원고를 완성하지만 조선총련과의 갈등으로 1970년까지 원고를 금고에 보관했다.
1961년	일본어로 창작을 하는 김시종에 대한 조선총련의 조직적 비판이 최고조에 달하고 있었다.
1963년	재일조선문학예술가동맹 오사카지부 사무국장에 취임했다. 하지만 창작활동은 허락을 맡아야 해서 사실상 절필 상태에 빠졌다.
1964년 7월	조선총련에 의한 '통일시범統一試範(소련의 '수정주의'를 규탄하고, 김일성의 자주적 유일사상을 추장推奬)'을 거부해 탄압을 받았다.
1965년 6월	'통일시범' 거부 문제로 오사카지부 사무국장 자리에서 물러났다. 조선총련과 절연 상태로 접어든다.
1966년 7월	오노 도자부로의 추천으로 '오사카문학학교' 강사 생활을 시작했다.
1970년 8월	조선총련의 오랜 탄압을 뚫고 『장편시집 니이

가타』를 출판했다.

1971년	2월	시즈오카 지방재판소에서 열린 김희로 공판에 증인으로 출석했다.
1973년	9월	효고현립 미나토가와고등학교兵庫県立湊川高等学校 교원이 됐다. 일본 교육 역사상 최초로 조선어가 공립고교에서 정규 과목에 편성됐다.
1974년	8월	김지하와 '민청학련' 사건 관계자의 즉시 석방을 요구하고, 한국의 군사재판을 규탄하는 집회에 출석해서 '김지하의 시에 대해서'를 보고했다.
1978년	10월	『이카이노시집猪飼野詩集』이 출판됐다.
1983년	11월 11일	광주민주화운동에서 촉발된 『광주시편光州詩片』이 출판됐다.
1986년	5월	『'재일'의 틈새에서『在日』のはざまで』가 발간됐다. 이 작품으로 제40회 마이니치출판문화상을 수상했다.
1992년		『원야의 시原野の詩』로 제25회 오구마히데오상小熊秀雄賞 특별상을 수상했다.
1998년	3월	15년 동안 근무했던 효고현립 미나토가와고등학교를 퇴직했다. 김대중 정부의 특별조치로 1949년 5월 이후 처음으로 한국에 입국했다. 밀항한 이후 처음으로 부모님 묘소를 찾았다.
1998년	10월	『화석의 여름化石の夏』이 발간됐다.
2001년	11월	김석범과 함께 『왜 계속 써 왔는가, 왜 침묵해 왔는가—제주도 4·3사건의 기억과 문학なぜ書きつづけてきたか・なぜ沈黙してきたか—済州島四・三事件の記憶と文学』을 출간했다.
2003년		제주도를 본적으로 한국 국적을 취득했다.

2004년	1월	윤동주 시를 번역한『하늘과 바람과 별과 시空と風と星と詩』를 냈다.
	10월	『내 삶과 시わが生と詩』를 냈다.
2005년	8월	『경계의 시境界の詩』가 발간됐다.
2007년	11월	『재역 조선시집再訳 朝鮮詩集』이 발간됐다.
2008년	5월	『경계의 시』가 한국어로 번역(유숙자 역) 출간됐다. 한국어로 번역된 첫 번째 시집이다.
2010년	2월	『잃어버린 계절失くした季節』이 발간됐다.
2011년		『잃어버린 계절』로 제41회 다카미준상高見順賞을 수상했다.
2014년	6월	『장편시집 니이가타』 한국어판 출판(곽형덕 역)에 맞춰 제주를 방문해 '제주4·3' 당시 남로당 당원으로 활동했음을 처음으로 공표했다. 12월『광주시편』이 한국어로 번역(김정례 역)돼 나왔다.
2015년		『조선과 일본에 살다―제주도에서 이카이노로朝鮮と日本に生きる―済州島から猪飼野へ』를 발간했다. 이 자전으로 오사라기지로상을 수상했다.
2016~2017년		산문집『조선과 일본에 살다』,『재일의 틈새에서』가 윤여일의 번역으로 출간됐다.
2018년	1월	후지와라서점에서『김시종컬렉션』(총12권)이 발간되기 시작했다.
	3월	시인 정해옥의 편집으로『기원 김시종 시선집祈り金時鐘詩選集』이 발간됐다.
	4월	『등의 지도背中の地図』가 발간됐다.

해설_ 위기와 지평―『지평선』의 배경과 특징

1

오늘 우리는 1955년 일본에서 일본어로 출판된 김시종의 첫 시집 『지평선』으로부터 무엇을 읽어내면 좋을 것인가? 『지평선』에는 당시의 상황이 각인되어 있는 동시에 일본어와 맞부딪쳐 대항한다는 김시종 시의 중요한 특징도 일찍부터 드러내고 있다. 이는 김시종 시의 전체상을 파악할 때 매우 중요한 점이다. 그뿐만 아니라 『지평선』에는 김시종의 시를 다시 읽기 위한 시점을 풍양하게 내포하고 있다는 점에서도 동아시아 최고 시인 중 한 명인 저자의 작품 세계를 규명하고 이를 세계문학적인 시좌에서 파악할 때 빼놓을 수 없는 작품이다. 이 해설에서는 주로 이 시집의 시대적 배경과 수록된 작품들의 특징을 몇 가지 지적해서 독자의 『지평선』 독해를 돕고자 한다.

우선 『지평선』과 관련된 몇 가지 위기를 이 시집의 배경으로 살펴보는 것으로 설명하고자 한다.

첫 번째 위기는 김시종이 일본에서 생명의 위기를 느낀 것이다. 일본에서 출판된 김시종의『집성시집 벌판의 시原野の詩』(1991)에 수록된 연보(노구치 도요코野口豊子 작성)는 약간의 수정이 필요한 항목이 있지만 현존하는 가장 상세한 기록이다. 연보에 따르면 김시종은 1954년 2월(『지평선』출판의 전년) 심근장애로 이쿠노 후생진료소生野厚生診療所에 입원했다. 김시종은 1956년 여름까지 오랜 기간 병원에서 지낸다. 시집 『지평선』의 출판은 서클지『진달래』발행 비용을 마련할 목적도 있었지만, 그것보다는 시인의 건강을 염려해서 병원비를 마련하기 위함이 컸다. 그런 의미에서 이 시집은 김시종 시인의 생명이 달린 상황, 즉 생명의 위기에서 나왔다고 할 수 있다. 생명의 위기는 생각해 보면 김시종이 남로당 빨치산 연락책으로 제주4·3항쟁에 참여한 것에서부터 비롯된다. 그는 조직이 부여한 무모한 명령을 따르다 생명에 위협을 느끼고 몸을 숨겨야 했고 죽음을 앞둔 상황에서 기적적으로 밀항해 일본으로 건너갔다. 그렇다면 '심근장애'는 이른바 레지스탕스의 경험과 기억으로부터 초래됐다고 할 수 있는바, 역사성을 띤 생명의 위기라고 다시 정의할 수 있다.

두 번째 위기는 조국이 둘로 갈라지며 일어난 전쟁과 관련된다.『지평선』에 수록된 작품은 1950년 5월에서 1955년 9월경까지 쓰인 것이다. 따라서 말할 필요도 없이 이 시집은 한국전쟁을 시대적 배경으로 하고 있다. 「거리는 고통을 먹고 있다」나 「정전보」 등 한국전쟁과 직간접적으로 관련된 작품이 많은 것도 그 때문에다. 당시 재일조선인은 일본에 거주하면서도 조국에서 일어난 전쟁에 대해 반대 운동을 하고 있었다. 당시 김시종은 경찰에 구속되었다면 대한민국으로 강제 송환될 우려가 있었음에도 대규모 데모에 참가했다. 그러나 한반도와 일본 사이의 거리로 인해 조국 땅에서 직접 전쟁과 맞설 수 없다는 현실은 시인에게 고뇌와 고통을 초래했다. 이는 주체성의 위기로 수록된 시에 각인돼 있다.

세 번째 위기는 주로 언어와 관련된 것이다. 이것은 식민지에서 익힌 일본어를 쓰면서도 그 언어에 계속 '복수'를 시도하고 있는 시인의 근원에 영향을 미치는 위기였다. 『지평선』의 「후서」에도 "일본어가 아니면 제대로 표현할 수 없는 기형적인 조선청년"이 너무나 많고, 자기 자신도 그중 한 사람이라고 쓰고 있음은 시인이 이 위기에 자각적이었음을 잘 드러내고 있다.

이 세 번째 위기에 관계되는 것으로서 『지평선』이 재일본조선인총연맹(조총련) 결성 직후에 출판된 것을 들 수 있다. 조총련 결성에 이르는 역사적 흐름은 재일조선인의 고향 귀환이나 아이들에게 하는 민족교육을 활동의 주축으로 내세운 재일본조선인연맹(조련, 1945년 결성)으로부터 시작된다. 조련은 당시 일본을 점령 통치하고 있던 GHQ에 의해 자의적으로 "폭력주의적 단체"라 규정돼 1949년에 해산명령을 받았다. 그 후 1951년에 재일조선통일민주전선(민전)이 일본공산당 산하에 결성된다. 민전은 당시 긴박한 북동아시아 정세 속에서 일본공산당의 지도를 받으며 상당히 과격한 한국전쟁 반대투쟁을 일본 사회에서 펼치게 된다. 거의 미수로 끝난 공장폭파 사건(히라카타사건枚方事件)이나, 오사카에 있었던 미 공군기지(현 오사카국제공항)에 보급되는 물자를 저지하기 위한 대규모 데모, 경찰이 발포해서 재일조선인의 사망자가 나온 사건(스이타사건吹田事件)도 민전이 활동하던 당시에 일어난 일이다. 하지만 1954년 조선민주주의인민공화국(이하 북한)의 외무장관 남일이 재일조선인을 "공화국의 공민"이라고 선언하자마자 그 다음 해 벽두부터 일본 공산당은 민전의 '지도'를 포기하게 된다. 민전 내부에서도 조직 방향에 대한 격론이 오가지만 1955년 5월 '쿠데타'처럼 북한과 연계된 한덕수가 민전 해산과 재일본조선인총연합회 결성을 선언한다. 그리한 경위를 거쳐서 조총련이 탄생한 것이다.

일본어 사용 문제를 보자면 김시종 시인의 『지평선』은 재일조선인 조직의 변천 과정에 민감하게 반응하며 출판됐다. 민전 활동기의 문화방침은 일본 사회에 재일조선인 문제를 호소하고, 한국전쟁 반대 여론을 이끌어내는 것이 일본공산당의 지도 아래에서 이뤄졌기 때문에 연극이나 소설, 그리고 시도 일본어로 쓸 수 있었다. 또한 그 당시는 일본의 각 공장에서 노동자들이 모여 주로 시를 쓰는 이른 바 '서클 운동'이 전국적으로 전개되고 있었다. 다니가와 간谷川雁을 중심으로 전개된 규슈 '서클 마을' 등은 그 대표적인 것이다. 일본공산당과 민전이 문화방침에 따라 오사카에서 재일조선인을 중심으로 오사카 조선 시인집단『진달래』가 결성된 것도 일본어 창작이 허용되었던 당시 상황은 물론이고 일본 전국에서 활발히 전개됐던 서클 운동과 밀접히 연관돼 있다. 민전의 일원이었던 김시종은 책임자로서 시 잡지『진달래』편집에 힘을 쏟았다.

시 잡지『진달래』는 1953년 2월에 창간되어 1958년 10월 제20호를 낼 때까지 계속됐다. 당시로서는 상당히 오랜 세월 지속된 잡지였다. 민전과 조총련을 걸쳐 계속되었다는 것이다. 또『지평선』에 수록된 많은 시가 이 잡지에 게재되었다는 점에서도 중요한 잡지였다. 그러나 장기간에 걸친 잡지였기 때문에 민전으로부터 조총련으로 조직이 변화되자 심대한 영향을 입게 되었다. 큰 영향으로는 조총련의 문화방침에 맞춰서 조선어 사용, 그리고 '조국' 북한을 찬양하는 내용을 쓰라는 요구였다. 어느 언어로 쓸 것인가라는 형식적인 문제는 첨예한 대립을 낳았다.

창작 언어와 내용에 관한 압력은 『진달래』 14호(1955.12)쯤부터 나타나기 시작한다. 이와 관련해서 『지평선』이 출판된 이후 쓰인 「김시종의 작품 장소와 그 계열─시집 "지평선"의 의미하는 것」이라는 김시종 특집이 『진달래』 15호(1956.5.15)에 편성됐다. 거기에 오림준具林俊, 오카모토 준岡本潤, 쓰보이 시게지壺井繁治 등이 짧은 글을 썼고, 허남기許南麒, 홍윤표洪允杓, 무라이 헤시치村井平七가 김시종을 비판하는 글을 실었다. 비판의 상세 내용은 『진달래』 해당 호를 보면 자세히 나와 있으나, 비판자 3명의 공통된 의견은 『지평선』이 감상感傷에 젖어 있고 표현 또한 '사회주의 리얼리즘'이 실현되고 있지 않아서 '혁명 에너지'를 가라앉히고 있다는 것이다. 또한 허남기와 홍윤표는 우리는 마침내 '조국'='북한'을 가지게 되었으니 '자기 내부투쟁'을 통해 감상을 극복하고 공화국 공민으로서의 '긍지'를 지닌 '늠름한 사람'이 돼야 한다고 말했다.

이에 대항해 김시종은 『진달래』 16호(1956.8.20)에 그 응답인 「나의 작품 장소와 「유민의 기억」」을 발표했다. 김시종은 먼저 『지평선』이 「밤을 간절히 바라는 자의 노래」와 「가로막힌 사랑 속에서」의 2부 구성임을 환기시키고 있다.

또한 주로 비판을 받은 작품(「쓰르라미의 노래」)은 "외국인이 일본으로 할 수 있는, 보다 조선적인 것"을 다룬 제2부의 작품이고, 최근의 작품을 모은 "일본적 현실을 중시한" 제1부가 무시된 결과 허남기 등의 비판은 "틀리지는 않지만 옳지도 않"고 그 때문에 직관적인 것에 멈춰 있다고 반론했다. 김시종의 반론을 읽는 한 "틀리지는 않지만 옳지도 않다"는 것은 조직에 대한 위장이었다고 생각된다. 조선어를 이용해 '조국'을 찬미하는 노래를 부르기만 하면 '유민의 기억'을 극복하고 '긍지'도 지닐 수 있다는 것을 김시종은 너무나 교조적인 것으로 받아들였기 때문이다. 김시종은 다음과 같이 말한다.

내 결론부터 말하면 우리 각자가 갖는 '유민의 기억'을 일소하기 위해서는 위업적이기보다 우선 자기의 '유민적 기억'을 떼어내는 웅크린 자세가 선결과제라는 것이다. (…중략…) '유민적 기억'은 말살되어야 할 주제가 아니라 오히려 새롭게 파헤쳐야 할 초미의 문제라고 생각한다. 내가 비난받아야 하는 것은 '유민적 기억'을 규명하지 못한 것에 있는 것이지, 그것에 사로잡혀 있는 것에 있지 않다.

「私の作品の場と「流民の記憶」」, 『ヂンダレ』 16호, 5쪽
*인용은 재일에스닉잡지연구회 편역 『진달래』 4
(지식과 교양, 2016.5, 13~14쪽)에 의한다.

김시종의 반론은 명백히 다른 지점에 서 있다. 김시종은 안이하게 사회주의 리얼리즘 운운하며 비판하는 측에조차 잠재된 '유민의 기억'에 초점을 맞추고 있다. 바꿔 말하면 이것은 언어를 일본어에서 조선어로 바꾸는 것만으로는, 혹은 조국을 찬미하는 것만으로는 없어지지 않을 것이라는 지적인 동시에 언어와 내용 양쪽을 비판적으로 따져 물으려는 자세를 내보인 반론이었다. 상세한 분석은 피하지 않을 수 없지만 『지평선』의 시점에서 이미 언어와 내용을 둘러싼 투쟁이 시작되고 있었다. 그렇게 본다면 『지평선』이 안고 있는 역사로서의 '생명의 위기', '주체성의 위기', '언어의 위기'는 결국 김시종 자신은 물론이고 그가 창출하고 있던 시 자체의 위기였다고 말할 수 있다. 『지평선』은 상술한 배경은 물론이고 1955년 이후에도 계속되는 그러한 위기와 투쟁이 시작됨을 알린 시집이라 정의할 수 있다.

　　2

　　그럼 김시종이 자기 분신처럼 세상에 내놓은 『지평선』은 어떤 시집일까? 이미 말한 바와 같이, 이 시집은 크게 2부로 구성돼 있다. 제1부가 「밤을 간절히 바라는 자의 노래」이며, 제2부가 「가로막힌 사랑 속에서」이다. 그리고 김시종 자신의 정리를 되풀이하면, 제1부는 "일본적 현실을 중시한" 작품이, 제2부는 "외국인이 일본에서 할 수 있는, 보다 조선적인 것"으로 구성되어 있다.

　곽형덕이 번역한 이 시집의 목차에는 각 작품의 발표 연월이 상세히 표기돼 있지만 기본적으로는 한국전쟁기에 쓰인 시는 제2부에, 그 이후에 쓰인 시는 제1부에 배치되어 있다.

　제2부부터 먼저 보면 한국전쟁기에 쓰인 만큼 계속해서 유린당하는 조국을 멀리 떨어진 일본에서 응시할 수밖에 없었던 재일조선인의 모습을 그린 작품이 많이 수록돼 있음을 알 수 있다. 게다가 일본은 미군 군용기가 조국을 향해서 날아가는 장소라는 점에서 이들의 고통은 배가 될 수밖에 없었다. 예를 들면 제2부 앞에 놓인 시 「품」의 한 구절, "하지만 난 여기에 있다 / 바다를 사이에 두고 미 제국주의의 발판인 일본에 있다 / 제트기가 날아오르고 탄환이 만들어지는 / 전쟁 공범자인 일본 땅에 있다"라는 부분은 재일조선인의 고통을 단적으로 내보이고 있다. 또 다른 작품 「거리는 고통을 먹고 있다」에는 한국전쟁 일주년 전날에 여자와 밤길을 걷는 "생명을 보증 받"은 남자가 등장한다. 남자는 폭격기가 조선을 향해서 날아가는 가운데 전쟁 일주년인 것을 알아차리고 혐오의 포로가 돼 여자를 밀치려 한다. 그러나 밀치려던 한 손은 반대로 여자에게 잡

아 돌려져버린다. 그것은 혐오에 의해서 한 행위가 남녀 간의 사랑 확인이라고 해석되는 것으로 보증 받은 일상 속에 억지로 밀어 넣어져 가는 주체의 상태를 내보이는 것으로 해석될 수 있다. 바꿔 말한다면 주체성의 위기는 단지 조국과의 거리가 초래한 것만이 아니라, 일상이 위기의식을 진압하도록 작용하는 것으로도 발생되고 있다.

또한 일상에 적응된 의식이 생활에도 되돌아오는 모양을 그린 작품도 제2부에 수록돼 있다. 「세밑」, 「식탁 위」 등이 그렇다. "뭐라고, / 정월이라 해서 날이 몇 배 긴 것도 아닐 텐데 / 어제가 오늘이 / 될 뿐인 이야기잖아……"(「세밑」)이라는 한 구절이 드러내고 있는 것은 일본사회의 '일상'이 초래하는 동조하라는 압력에 충분히 자각적이면서도, 그러나 포기한 것처럼 단지 오늘을 거듭해 가는 생활이며, 설날이면서도 의식은 여전히 예전 그대로인 재일조선인의 모습이다. 또 작품 「재일조선인」에서는 "조국을 망치는 전쟁에 / 고철을 주우며 거드는 / 마음으로 울며불며 거들지"라는 시구가 나타내듯, 일상이 전쟁에 가담하게 하는 압력처럼 되어 있는 것이 그려져 있다. 참고로 이러한 압력은 『장편시집 니이가타』(1970)에서도 풍부한 이미지로 나타나 있다.

다른 한편 제2부에는 '조선적인 것'을 그리면서 『지평선』이후 김시종의 시집에서 보다 명확해지는 계절어季語에 대한 저항, 요컨대 일본적인 계절 이미지, 시간 이미지에 대한 저항이 이미 드러나 있음도 지적해 두고 싶다. 계절어란 주로 하이쿠俳句에 이용되는 계절을 나타내는 어휘들이다. 벚나무나 휘파람새는 봄, 반딧불이나 보리는 여름, 귀뚜라미나 꽁치는 가을, 참새나 대구는 겨울이라는 식으로 쓰인다. 중요한 것은 계절어가 하이쿠라는 형태를 벗어나 계절 감각을 강하게 구속하는 것으로 일본사회에서 기능하고 있는 것과 이에 수반돼 계절어가 죽음마저도 아름답게 꾸미고 역사를 왜곡하도록 이용되고 있다는 점이다. 일본이 벌인 과거의 전쟁에서 벚꽃 꽃잎이 날리는 것처럼이라는 표현을 써서 죽음을 미화하는 단가短歌나 노래가 많이 지어졌다. "훌륭하게 떨어지자 나라를 위해"라고 부르는 「동기의 벚나무同期の桜」등은 그 전형적인 노래일 것이다. 그뿐만 아니라 식민자들은 식민지에서 조선인이나 중국인을 학대 학살했으면서도 그것을 없었던 일이라는 듯이 조선이나 중국 가을의 풍부함을 계절어를 사용해 표현한 편지를 써서 일본에 있는 가족한테 보냈다. 요컨대 김시종이 계절어에 대해 저항하는 것은 죽음마저도 미화되며, 그것에 의해 현실 인식이 뒤틀려버려 전해져야할 역사적 기억의 계승이 불가능해지기 때문이다. 이 저항

은 이후에 「일본어에 대한 복수」라고 바꿔 말해지게 된다. 위에서 말한 언어의 위기는 "일본어에 대한 복수"라는 형태로 수행된다. "일본어에 대한 복수"란 김시종의 말을 인용하면 "적대관계가 아니라, 민족적 경험을 일본어라는 광장에서 서로 나누고 싶다는 의미의 복수"(金時鐘·鄭仁他, 「在日朝鮮人と文学— 詩誌「チンダレ」「カリオン」他」, 『座談 関西戦後詩史 大阪篇』(犬飼·福中 編), ポエトリー·センター, 1975, p.120)라고 정의되고 있는 것처럼 민족을 뛰어넘은 경험이나 기억의 나눔을 의미한다.

계절어에 대한 저항은 『지평선』에서도 예를 들면 제2부의 작품 「봄」이나 「가을 노래」에서 찾아낼 수 있다. 「가을 노래」는 허남기의 『화승총의 노래』(1951)와 비교되는 장편시다. 이 시 속의 '가을'은 먼 고향을 떠올리게 하는 것, 낙엽보다도 가벼운 목숨이 있었음을 상기시키는 것, 가을이라는 계절 이미지 자체의 조락이 역설적으로 내일의 길잡이가 된다는 것 등 다양한 의미로 채용돼 있다. 그것과 동시에 일본 사회에서는 거의 회자되지 않는 가을에 일어난 사건이 시를 통해서 날짜와 함께 상기되어 있다. '9월 1일'은 관동대지진, '9월 8일'은 재일조선인연맹 해산, '10월 19일'은 조선학교 폐쇄령 발령, '10월 19일'은 여수 순천사건, '11월 3일'은 광주학생사건 기념일이다. 마땅히 민족적 경험을 서로 나누어 가진다고 하는 의미에서의 계절어에 대한 저항이 이미 드러나고 있다. 그렇게 제2부에는 일상의 압력뿐만 아니라, 계절에 대한 저항 등도 농밀하게 드러나 있다.

3

"일본적 현실을 중시"한 작품이 수록된 제1부 「밤을 간절히 바라는 자의 노래」는 어떨까? 우선 제1부에 앞서 놓인 「자서自序」에 대해서 말해 두고 싶다. 제1부에 앞서 놓여 있기에 이 시집의 기조基調이기도 하다.

다다를 수 없는 곳에 지평이 있는 것이 아니다
네가 서 있는 그 곳이 지평이다.

「자서」

지평선이란 일반적으로 눈앞에 망망하게 펼쳐진 공간이며, 지구가 구체이기 때문에 시야의 한계가 선과 같이 확정되면서도 완전히 확정할 수 없는 공간적 확대를 의미한다. 그런데 『지평선』에서는 "네가 서 있는 그 곳이 지평이다"라고 하고 있듯 눈앞에 펼쳐지는 공간이라기보다 바로 아래에 있는, 게다가 걸을 때마다 밟고 넘게 되는 경계선이다.

그 발밑에 어떠한 지평이 펼쳐져 있을까?

작품 「신문기사에서」에서는 파리에서 자살을 한 어머니의 뉴스가 나온다. 또 남겨진 어린이들의 아버지는 라오스에서 죽었다고 하는 정보도 함께 적혀 있다. 이 두 죽음을 통해서 김시종이 시사하는 것은 어느 가족의 비극(부모의 죽음)의 배후에 가로놓여 있는 거대한 비극, 요컨대 프랑스에 의한 라오스의 식민화다. 그러나 이 시는 더 한 걸음 전개한다.

멀리 떨어진 프랑스에서

혼자서 죽은 게 뭐라고

신문 기사를 넘기니

일본국日本國이 자리 잡고 있었지

"자네, 자네,

이 세상의 격차를 믿을 수 있겠나?"

「신문기사에서」

마지막에 있는 "믿을 수 있겠나?"는 의문의 제시가 아니다. 이는 멀리 떨어져 있는 곳에서 진행되고 있는 식민주의가 사실은 자신이 있는 장소('일본국')에서도 똑같이 존재한다는 것, 즉 식민주의에는 격차 따위는 없다는 사실을 확인하라는 의미로 읽어야 할 말이다. 지평선의 발밑에 펼쳐지는 것은 그렇게 떨어져 있지만 연결되는 식민주의다.

『지평선』은 한국전쟁만을 역사적 배경으로 하고 있지는 않다. 동시대적으로는 샌프란시스코 강화조약의 체결 및 발효, 미군의 오키나와 점령과 지배, 또한 핵실험에 의해 제5후쿠류마루第五福竜丸가 피폭돼 반전반핵의 기운이 고조되는 굵직한 역사적 사건들이 있었다. 요컨대 넓은 관점에서 보자면 미국의 군사 전략이 북동아시아에 큰 영향을 미치기 시작한 시점과 겹쳐진다. 그렇기에 『지평선』 제1부에는 미군의 존재나 미국에 의한 핵실험 등을 명시적 혹은 암시적으로 담은 시가 많이 수록됐다. 예를 들면 제1부 첫머리 작품 「박명」을 살펴보자. 새해, 아마도 전쟁으로 죽은 아들과 남편의 영정을 바라보고 있는 어머니나 아내를 그려볼 수 있다. 이는 비단 한 가정만이 아니라 복수의 가정에 해당되며 이들은 이와 유사한 새해 아침을 맞이하고 있었을 것이다. 그러나 죽은 자에 대한 부모나 아내의 마음은 "기지 일본"의 하늘에 허무하게 사라져 간다.

아 의식 없는 아침의 속죄여,

기지基地 일본의 울타리를 돌아다니며

덧없이 사라지는

한탄했던 나날의 통곡이여,

승천하지 못한 계속되는 회오가

귀 기울여 듣고 있다.

「박명」

　"기지 일본"이란 물론 미군 기지가 일본 각 지역에 — 특히 오키나와에 — 만들어져 있음을 뜻한다. 시인은 이처럼 미군의 영향력이 커져 가는 상황 속에서 어머니나 아내의 마음을 헤아리려 하고 있다.

　미국의 영향력을 시「아이와 달」도 잘 드러내고 있다. 부모와 자식의 대화에도 저절로 미군의 영향이 미치고 있는 상황이 그려진다. 또한 마쓰카와 사건松川事件을 다룬 작품인「사이토 긴사쿠의 죽음에 부쳐」는 이 사건과 미군과의 관계를 언급하고 있다. 영향력이란 단지 미국의 기지가 존재하는 것만이 아니라 일본의 정치나 생활에 미국이 개입해 사람의 삶과 죽음에도 영향을 미치고 있음이 이들 시에 잘 드러나 있다. 그뿐 아니라 작품「지식」과「묘비」는 일본에서 다소 떨어진 곳에서 벌어진 미국의 핵실험이 제5후쿠류마루 사건으로 일본에 직접 닥치는 현실을 그리고 있다. 요컨대 "일본적 현실을 중시한" 시들은 동아시아에 편재하는 미국의 영향력이 한반도뿐만이 아니라, 일본에도 영향을 끼치고 있음을 문제시하고 있음을 잘 드러내고 있다. 걸을 때마다 밟고 넘게 되는 경계＝지평선 아래 퍼져 있는 것은 비단 식민주의뿐만 아니라 미국의 존재이며, 그것에 의해 학대당하는 일본 사회이기도 한 것이다.

다만 시인은 미군의 존재만을 바라보고 있는 것은 아니다. 미군의 폭력 아래에서부터 싹트는 저항의 가능성 또한 놓치지 않고 있다. 이것은 작품「후지」가 대표적이다. 이 시에서도 미군의 존재가 시사돼 있다. 당시 후지산에는 미군의 포탄연습이나 탱크가 종횡무진하는 장소가 있었음을 알 수 있다. 하지만 시인은 그렇게 마구 짓밟힌 땅에서 야생화가 몸을 떨며 몇 번이라도 일어서는 모습을 포착한다.

활짝 갠 5월 하늘 아래

눌려 찌부러진 야생화

하나하나

벌벌 몸을 떨며

다시 일어서는 모습이 내게는 보인다.

「후지」

"야생화"는 말할 필요도 없이 군사적인 폭력을 입어 온 민중의 메타포다. 또 이 "야생화"는 "진달래, 연꽃, 들국화, 제비꽃" 등 어디서나 피어나는 꽃들이다. 따라서 이 메타 포는 국경을 넘은 보편적인 민중의 모습을 드러내고 있다. 또한 작품 「밤이여 어서 오라」에서는 해바라기가 나오는 데 이것도 민중의 메타포를 다른 관점에서 사용한 것이다. 게다가 이 작품에서는 해바라기는 밤에 힘을 비축하는 것 으로 해바라기와 태양이라는 약간 오래된 전형적인 관계 를 문제시하는 동시에 민중이 어디에서 숨을 돌리고, 힘을 모으는지가 시사돼 있다. 그렇게 지평선 아래에 퍼지고 있 는 것은 폭력뿐만 아니라 저항이 생길 수 있는 공간이기도 하다.

또한 『지평선』에 드러난 저항의 양상에는 반핵평화라 는 시점도 존재한다. 이미 이름을 제시한 작품 「지식」이 나 「묘비」가 이에 해당된다. 이것은 『지평선』이 한국전쟁 의 영향을 받았던 것만이 아니라 제5후쿠류마루 사건과 1954년 인도·중국 정상회담에서 발표된 평화 5원칙, 그 리고 1955년 반둥회의 개최에 의해 명확히 천명된 '제3세 계'적 세계인식의 영향 또한 받았다고 생각한다. 첫 시집 이후 김시종의 시점은 『일본풍토기日本風土記』(1957), 『장편 시집 니이가타新潟』(1970), 『이카이노시집猪飼野詩集』(1978), 『광주시편光州詩片』(1983)으로 서서히 하나로 모아져 가지만, 그 사상은 세계를 향해 널리 열려가며 '제3세계'와의 연대를 모색했음을 『지평선』은 잘 드러내고 있다. 물론 이 열린 시점은 조선민주주의인민공화국을 "이끌어 가는 별"(오노 도자부로小野十三郎에 의한『지평선』서문)이라고 평가하고 있는 것에 원인이 있기는 하다. 그렇지만 지평선 아래에는 '제3세계'라고 불리는 국가와 지역이 펼쳐져 있기에 "일본적 현실"을 넘어 갈 수 있는 지점이 『지평선』에 있는 것만은 확실하다.

그렇게 계속되는 식민주의 및 압도적인 영향력을 자랑하는 미군의 존재와, 폭력에 저항하는 민중들 및 '제3세계'의 존재라는 구도를 한쪽에서 내보이면서도, 다른 한편으로 목소리를 지르는 것조차 곤란한 존재에도 시인은 주목한다. 그것은 이 시집 안에서 보다 강하게 서정성을 느끼게 하는 작품인 「먼 날」에 드러나 있다. 이 작품은 "언제 적 일이었던가. / 내가 짧은 매미의 생명에 놀랐던 것은."이라는 구절부터 시작되지만, 그 후 '나'는 여름이 찾아올 때마다 매미 소리에 의식적으로 귀를 기울이게 된다. 이에 수반돼 '나'는 목소리조차 낼 수 없는 존재를 걱정한다. 한 목소리 주위에는 물리적인 소리로서는 나오지 않는 수많은 '목소리'가 있기 때문이다. 김시종이 끝내 듣고자 하는 것은 그러한 '목소리'다.

나는 겨우 스물여섯 해를 살았을 뿐이다.

그런 내가 벙어리매미의 분노를 알게 되기까지

100년은 더 걸린 듯한 기분이 든다.

앞으로 몇 년이 더 지나야

나는 이런 기분을 모두에게 알릴 수 있으려나.

「먼 날」

김시종에게 '벙어리매미'란 목소리조차 낼 수 없는 존재 (들)의 상징이다. "매미는 여름에 운다"는 자명한 계절 감각 이나 그것에 따르는 존재의 상태 규정으로부터 '벙어리매 미'는 일탈하고 있다. 그러나 계절에 관한 문법 밖에 있기 에 벙어리매미는 다른 감정을 발현시킨다. 김시종이 현재 시점에서조차 그리려는 것 중 하나는 바로 그러한 벙어리 매미나 그 매미가 표하는 분노와 같이 평소에는 놓쳐버린 존재나 목소리, 감정의 양상이다. 그리고 명시적으로도 암 시적으로도 말해지지 않았지만, 벙어리매미를 통해서 김 시종이 염두에 두고 있는 것은 제주4·3 때에 학살당한 민 중이며, 그 현장을 목격했는데도 불구하고 그것을 표현하 는 것이 곤란한 자기 자신일 것이다. 작품 「먼 날」을 썼을 때 그는 26살이었다. 김시종이 4·3과의 관계를 말하기 시 작하는 것은 2000년이다. 실로 70대가 되어서임을 알 수 있다. 「먼 날」의 발표로부터 60년 이상이 지난 현재, 김시종의 시는 '이런 기분'을 알릴 수 있는 언어를 어느 정도 획득하게 된 것일까? 그것은 이후 김시종의 시를 읽는 우리에게 맡겨진 과제일 것이다. 어쨌든 밟고 넘게 되는 지평선 아래로 퍼져 가는 것은 폭력과 저항뿐만이 아니라, 명확히 떠올릴 수 없는 사람들의 존재로 시인은 그것을 놓치지 않고 있음을 알 수 있다.

앞서 말했던 것처럼 『지평선』 이후 김시종의 시점은 『일본풍토기』(1957), 『장편시집 니이가타』(1970), 『이카이노시집』(1978), 『광주시편』(1983)이라는 시집 타이틀로부터 알 수 있듯이 서서히 한 점에 집중돼 갔다. 하지만 초점을 모아간 『장편시집 니이가타』에 담긴 제주4·3항쟁의 묘출은, 예를 들면 오키나와 전투라는 사건과 겹쳐질 수 있는 보편성을 획득하고 있다. 그렇게 나는 다른 글에서 지적한 적이 있다. 그 점에서 보면 『지평선』에서 명시적으로 그려진 세계로 확대돼 가는 시점은 김시종의 시를 읽을 때 잊어서는 안 되는 것이다.

『지평선』에 수록된 시는 나무가 뿌리를 뻗듯, 대지에 깊숙이 파고들어가는 동시에 지하에 스며들어 일본 전체에, 그리고 그 밖으로 넓어져가 모습을 드러내고 있는 것처럼 보인다. 김시종 시인의 첫 번째 시집이라는 문학사적인 시점이나 1950년대의 귀중한 기록이라는 관점에서 『지평선』을 읽는 것도 물론 있을 수 있다. 하지만 우리가 이 시집으로부터 읽어내야 할 것은 스스로 밖으로 나와 우리들을 타자와 연결시키고, 서로 비추어 보며 변화하도록 하는 힘일 것이다. 깊은 이해를 바탕으로 한 곽형덕의 『지평선』 번역은 그것 자체로 이미 우리를 크게 확장, 성장, 변화시키고 있다.

옮긴이 후기_ 분단과 냉전의 지평 너머를 꿈꾸다

1

『지평선』을 옮기는 내내 한 청년의 모습이 보였다. 청년이 겪은 일들을 떠올리면 망망대해를 앞에 두고 비극적 상황을 한탄하고 있을 것만 같다. 하지만 지평선을 응시하는 청년의 모습은 뒷모습이 아니다. 저 멀리 보이는 지평선은 청년에게 절망 그 자체가 아니라 변혁해야 할 현실이다. 그렇기에 시집을 번역하는 내내 슬픈 청년의 뒷모습이 아니라, 팔을 휘저으며 눈을 크게 뜨고 육박해 오는 청년의 앞모습이 보였다. "다다를 수 없는 곳에 있는 지평"이 아니라 "서 있는 그 곳"의 지평을 열어젖히려는 청년. 냉전으로 분단되고 가로막힌 현실의 지평이 아니라 새로운 역사의 지평을 청년은 꿈꾸고 있다. 이는 훗날 청년이 38선을 동쪽으로 연장해 니이가타에서 분단을 넘어서려 했던 『장편시집 니이가타』의 문제의식을 선취하고 있는 것이라 해도 좋다.

청년은 저 멀리 있는 지평이 아니라 서 있는 바로 그곳의 지평을 추구한다. 언어로 상상하는 일은 어쩌면 쉬운 일이다. 하지만 '나'는 실감할 수 없다. 청년은 '제주4·3항쟁', '우편국 사건', 밀항을 거쳐 일본 땅에서 살아가고 있다. 1948~1949년 사이에 벌어진 일이다. 내겐 청년을 온전히 이해할 수 있는 역사적 실감이 없다. 청년의 심정과 그 시대에 도달하고자 하는 상상력과 해석, 그리고 청년의 삶을 향한 공감만이 내 유일한 무기다. 청년 또한 그 경험을 쉽사리 언어화하지 못했다. 일본어 시로 써야만 했음은 이를 잘 말해준다.

　다시 돌아갈 수 없는 지평 너머를 응시하고 있는 청년의 모습이 보인다. 지평 너머에는 과거의 죽음과 현재의 죽음이 겹쳐지고 있다. '제주4·3'과 '조선전쟁'이 그것이다. 그렇기에 청년은 그저 죽은 자의 시간을 살아갈 자유조차 얻지 못한다. 『지평선』이 감성적일 수도 서정적(과다한 정감)일 수도 없는 시적 형식을 띠고 있는 이유다. 이는 파울 첼란이 과거의 고통을 침묵으로써 말하거나(아도르노), 비극적으로 드러내는 방식과도 변별된다. 김시종은 첼란과 달리 '제주4·3'을 시적 언어로 육화할 수 없었다. 바로 그 지점에서 한반도에서 해방 이후 벌어진 역사적 비극의 깊이를 가늠할 수 있다. 여전히 현재인 과거를 살아가야 하는 시인에게 과거를 추상追想할 여유란 없다.

청년은 비극적 현실의 지평을 아득히 먼 저곳에서 발 아래로 가져온다. 청년에게 시는 위기적 상황 속에 놓인 조국과 민족의 현실을 바꿀 수 있는 혁명가적 실천 활동에 다름 아니다. 하지만 이는 조직의 논리나, 남과 북 어느 한쪽의 이데올로기를 대변하고 있지 않다. 그것은 철저히 자신의 위치를 사유하는 방식인지라 교조적 글쓰기와도 거리가 멀다. 그런 점에서 『지평선』이 조선총련과 같은 해인 1955년에 세상에 등장했음은 시인 김시종의 앞길이 순탄치 않음을 암시하고 있다. 오세종 교수가 해설에서 밝히고 있듯이 『지평선』은 김시종이 위기적 상황에서 식민주의의 냄새를 듬뿍 간직한 일본어와 맞부딪치며 써낸 시집이다. 『지평선』은 시인이 병마와 싸우는 생명의 위기와 조국이 참화에 휩싸인 전쟁의 위기, 조총련 결성으로 인한 교조적 글쓰기 강요라는 위기적 상황에서 새로운 지평을 꿈꾸며 투쟁했던 삶의 기록이라 할 수 있다. 이를 꿈꾸는 시인은 낭만적 현실주의자다. "그래도 나는 / 포기할 수 없어서 / 그 꿈같은 이야기를 / 진심으로 꿈꾸려 한다"(「꿈같은 이야기」)라는 시구는 이를 잘 드러낸다.

『지평선』은 시인이 처한 위기적 상황을 인식하고 앞으로 나아갈 수 있는 힘을 준 동시에 그를 '유민의 기억' 논쟁 및 비판에 직면하게 했다. 『일본풍토기』(1957) 이후 『장편시집 니이가타』(1970)에 이르는 10여 년의 세월은 그를 철저히 밤으로 내몰았던 교조주의의 광풍이 재일조선인 사회에 휘몰아쳤던 시기였던 셈이다. 시인이 밤에 열어젖힌 놀라운 지평은 역설적으로 그 자신의 시인으로서의 사회적 지평을 한동안 굳게 닫는 결과를 초래했다고 하겠다. 그동안 김시종 시인은 자신이 부재不在했던 역사적 비극을 시적 언어로 써내서 끊임없이 현실에 개입해 왔다. '조선전쟁'이 그랬으며, 광주민주화운동 또한 그랬다. 한반도에 드리워진 분단과 냉전의 지평 너머를 꿈꾸는 시도라 평할 수 있다. 이는 오세종 교수가 해설에서 밝히고 있듯이 지평선 아래의 제3세계를 인식하고 확장시키려는 시도이기도 하다.

2

내면의 농밀한 이야기는 밤에 기록된다. 절망의 깊이도 밤에 더욱 깊어지고 눈물도 밤에 불현듯 흘러 내린다. 사유와 고뇌는 밤에 깊어간다고 해도 지평은 해가 뜨는 새벽에 보이는 법이다. 하지만 『지평선』에서 시인의 지평은 밤에 더욱 선명히 모습을 드러내고 있다. 밀항한 그에게 낮의 지평은 미군의 지배하에 놓인 숨이 턱턱 막히는 냉전적 지평이다. 펼쳐지는 지평이 아니라 안으로 조여 들어오는 족쇄인 셈이다. 낮을 지배하는 미국과 일본의 시간은 소수자인 그의 지평이 파고들 틈을 내어주지 않는다. 그러므로 낮은 고뇌의 지평을 사유하는 시간이 아니라 목숨을 내걸고 이들에 대항해 싸우는 시간이다. 곤봉과 피가 난무하며 쫓는 자와 쫓기는 자, 살해하는 자와 살해당하는 자, (원폭을) 터뜨리는 자와 맞는 자로 나뉜 공간에 시인이 꿈꾸는 새로운 역사의 지평이 펼쳐질 공간은 밤에만 존재한다. 해가 지고 밤이 찾아들어 어둠이 사위를 덮고 파도 소리와 바람소리가 시공간을 가르는 그 시간에 끊어진 길이 달빛에 형체를 드러낸다. 이는 삶의 지평을, 역사의 지평을, 실존의 지평을 여는 시간이다.

밤이여 어서 오라
낮만을 믿는 자에게
무장한 밤을
알려줄 터이니

「밤이여 어서 오라」 중에서

"낮만을 믿는 자"는 냉전적 세계 질서에 순응하거나 국민국가가 구성한 현실 및 이데올로기를 있는 그대로 받아들이는 사람을 뜻한다. 밤은 현존하는 세계질서에 균열을 불러일으킬 수 있는 현재의 시간인 동시에 시인이 거쳐 온 제주에서의 "무장한 밤"과도 이어진 과거와 현재를 잇는 매개체이기도 하다. 실패한 '혁명'이었다 해도 과거의 밤은 분단을 저지하려 했던 시간이었기에 일본의 밤에 상상된다. 시인은 일본의 밤을 살아가며 '조선전쟁'으로 전화에 휩싸인 고국으로 향하는 끊어진 길을 잇기 위해 전쟁과 분단을 고착화시키는 일본의 낮과 싸운다. 하지만 시인이 일본인 전체와 싸우고 있는 것은 아니다. 일본의 낮은 미군의 군사지배와 핵실험, 민족교육 분쇄 정책 등으로 점철된 시간이기에 시인은 일본인과의 연대를 통해 현실을 타개하고자 한다. 미군의 핵실험으로 제5후쿠류마루가 비키니 환초 부근에서 피폭을 당한 것에 분개하며 쓴 「지식」과 「묘비」, 마쓰카와사건(미군에 의한 열차 전복 사건)으로 죽은 사이토를 추념하며 쓴 「사이토 긴사쿠의 죽음에 부쳐」 등은 일본인(및 일본 공산당)과의 연대를 통해 조선인의 현실을 바꾸고자 한 운동적 차원의 시편들이다. 물론 밤은 지평을 여는 가능성의 시간만은 아니다. 밤은 시인에게 죽은 자들의 얼굴과 시간을 떠올려야 하며, 갈 수 없는 고향을 향한 그리움이 깊어만 가는 시간이기도 하다.

사랑하는 아버지 어머니께

뵈옵지 못할 시집을 일본에서 내었습니다

이 세상에서 누구보다도 이 시집을 축복해주실

부모님께 철모리 자라난 시종이가 먼 곳

타국에서 이 책을 드리옵니다.

　　　一九五五年 十二月 十一日 夜

시인이 소장하고 있던 『지평선』 초판본을 열었을 때 마주친 세로로 쓰인 위 글귀는 『지평선』이 발행된 바로 다음날 밤의 기록이다. 밤은 일본의 낮에 짓눌려 새로운 지평을 꿈꾸는 시간인 동시에 고향과 죽은 자들을 마주하는 그리움과 고통의 시간이기도 하다. 청년 김시종에게 일본의 밤은 자신의 실존을 가두는 엄혹한 현실과 전화에 휩싸인 한반도의 현실 모두를 열어젖히는 고통스러운 가능성을 담고 있는 시간이었다. 시인은 일본의 밤을 열며 끊어진 역사의 길을 다시 이으려 하고 있다.

　3

『지평선』을 번역하는 행위는 단순히 일본어에서 한국어로의 단선적 전환 과정일 수 없다. 김시종의 일본어는 일본인이 자명하게 생각하는 일본어는 물론이고 언어의 의미 작용과 맞부딪치고 있기에 일반적인 언어 전환과는 다른 의미를 지닐 수밖에 없다. 청년 김시종이 '재일在日'하며 쓴 『지평선』은 대다수의 일본인들이 자명하게 생각하는 일본어로 된 시집이 아니라, 일본어적 세계를 안으로부터 파괴해서 바깥으로 확장하려는 시도로 가득 차 있다. 『지평선』을 번역하는 것은 김시종이 벌인 일본어와의 사투死鬪만이 아니라 그의 삶을 내가 받아들여 한국어로 옮기는 작업이기도 하다. 하지만 내가 쓰는 한국어는 한반도가 분단된 이후 조선어로로부터 점차 멀어져 남한의 역사적 경험과 이데올로기 속에서 조형되고 있는 언어이다. 김시종의 일본어가 일본만이 아니라 제주도와 한반도로 열려 있는 언어라고 한다면 이를 한국어로 옮기는 것은 한계를 지닐 수밖에 없다. 한국어의 역사성으로부터 비롯되는 이러한 한계는 『지평선』이 담고 있는 분단체제를 근원적인 지점에서 거부하는 인식과 만나면서 한국어가 담아내지 못하는 공백을 드러내고 있다. 그렇기에 『지평선』을 비롯한 김시종의 시를 한국어가 담아내고 수용할 수 있는가는 한반도가 분단체제로부터 벗어나 종전을 선언하고 평화체제를 확립해 가는 과정과 연동될 수밖에 없다. 이는 비단 김시종만이 아니라 김석범 등의 재일조선인작가, 그리고 해방 후 북에서 활동한 임화나 오장환, 김사량 문학 수용과도 이어져 있다.

시집 번역은 두려운 일이다. 김시종 문학을 향한 공감은 그 두려움을 극복하는 가장 큰 힘이다. 완벽한 의미의 확정이란 존재하지 않는다. 하지만 시어 해석의 미숙함으로 오역이 발생했다면 그것은 전적으로 번역자인 내 책임이다. 시어의 의미 확정 과정에서 김시종 문학 연구자인 오세종 교수와 정해옥 시인의 도움을 받았다. 후지이시 다카요 교수(니이가타대학)의 초청으로 니이가타에서 김시종 시인, 정해옥 시인, 사카타 기요코 화가 등과 함께 했던 사구관砂丘館(니이가타, 2016.9)에서의 시간은 달콤한 기억이다. 『지평선』 번역이 사구관 행사 때 기획된 것이기에 애써 부기해 둔다. 한국어판 『지평선』에는 김시종 시인의 최초기 시와 만년의 시론詩論인 「시는 현실인식의 혁명」이 함께 수록돼 있다. 시론은 지난 해 전국문학인대회(제주도) 때 발표된 것이다. 제주와의 인연으로 김시종 시인을 만났다. 『지평선』 번역으로 제주도의 '벗'들께 한 걸음 더 다가갈 수 있을 것 같다.

『지평선』의 번역 출판은 동국대 김종태 기금의 도움을 받았다. 간첩누명을 쓰고 기소돼 억울한 옥살이를 하시다 2012년에 누명을 벗은 김종태 선생님의 뜻에 부합되는 번역이었기를 소망한다. 김종태 기금을 소개해 주신 동국대 김환기 선생님께도 감사드린다. 혹한기가 끝나고 한반도에 봄이 찾아오고 있는 오늘, 남도 북도 아닌 재일조선인 공동체 안에서 60년도 전에 출판된 『지평선』은 어떤 의미로 우리에게 다가올 수 있을까? '제주4·3 70주년'을 맞은 올해, 『지평선』은 완결된 과거가 아니라, 분단의 기억과 기원을 우리 앞에 다시 던지고 있다. 남북 간에 지금껏 꿈꿔보지 못했던 새로운 희망의 지평이 열리기를 시인은 60년도 전에 이렇게 새겨놓았다.

'38선이여'
당신을 그저 종이 위의 선으로 되돌려주려 한다.

2018년 4월 3일 심야에
옮긴이 씀